Marlene Warnke

Denn die Zeit bleibt niemals stehen

Kriminalroman

Impressum

Bibliografische Information der Deutschen Nationalbibliothek:
Die Deutsche Nationalbibliothek verzeichnet diese Publikation in der Deutschen Nationalbibliografie; detaillierte bibliografische Daten sind im Internet über http://dnb.dnb.de abrufbar.

© 2023 Marlene Warnke

Herstellung und Verlag: BoD – Books on Demand, Norderstedt

ISBN: 978-3-7578-8578-6

Zeiten kommen, Zeiten gehen

Alles kommt und alles geht

Alles wird einmal vergehen

Denn die Zeit bleibt niemals stehen

Prolog

Ein Schuss. Ein Schrei. Ein dumpfer Knall. Stille. Noch zwei Schüsse. Stille. Höhnisches Gelächter. Entfernende Schritte. „Es geschieht ihr nur recht."

Arthur stellte den Motor ab und stieß die Autotür auf. Es war ausgesprochen ruhig an diesem Augusttag, wo doch sonst so viele Leute unterwegs waren. Als er ein Stück weiter die Ferrans-Brüder erkannte, verdunkelte sich seine Miene. Kein Wunder, dass niemand aus dem Haus kam, wenn sich diese berüchtigten Verbrecher durch die Gegend trieben. Dass sie nicht längst im Gefängnis saßen, hatten sie bloß ihrem vererbten Reichtum zu verdanken. Zum Glück würde er bald ihre Schuld beweisen können.

„Niemand wird uns jemals wieder widersprechen, Bill." Der Mann lachte abermals und steckte die Waffe in eine Aktentasche. Er hatte es nicht eilig. Niemand würde die beiden verdächtigen, dafür hatten sie viel zu viele gute Bekannte.

Arthur lief ein Stück die Straße hinunter und dann in eins der Häuser hinein. Evenians Street Nummer 24, das war sein Zuhause. Er schloss die Tür auf und ging hinein, doch niemand erwartete ihn. Seltsam, sonst war Claire immer vor ihm zuhause gewesen. Etwas stimmte nicht. Er hastete durch die Zimmer und die Küche, doch niemand war da. „Claire? Bist du da?" Keine Antwort.

„Weißt du, Louis, eigentlich ist sie selbst schuld. Hätte sie uns die Unterlagen gegeben, wäre alles noch in Ordnung. Und dieses Geschrei war einfach nur jämmerlich. Wer sich mit uns angelegt, zahlt eben einen hohen Preis", meinte der andere Mann verächtlich. Wie sein Bruder bereute er nicht annähernd, was geschehen war. Ein Mensch war tot, aber solange niemand ihn verdächtigte, war alles gut.

Verzweifelt rannte Arthur nach draußen. Wo war Claire bloß? Erst hatte er diese Gauner in der Nähe seines Hauses gesehen und nun war auch noch seine Frau verschwunden. Das konnte nichts Gutes bedeuten.

„Lass uns doch mal nachschauen, ob der noch am Suchen oder schon am Heulen ist", sagte Louis. Ihm machte die Situation in gewisser Weise noch Spaß. Er wusste, er würde mit Mord davonkommen.

Arthur stieß die Tür zum Garten auf und erstarrte. Dort lag Claire. Blut um sie herum. „Nein", flüsterte er verzweifelt. „Das kann nicht wahr sein!" Er ließ sich auf die Knie sinken und strich ihr sanft über die Wange. Er konnte es nicht fassen! Sie war tot. So viele Leichen hatte er als Detective Sergeant schon gesehen, also wusste er, dass es zu spät war, konnte es jedoch nicht wahrhaben.

Bei beiden Brüder kamen näher ans Haus. Die Tür stand noch sperrangelweit offen, also kamen sie einen Schritt hinein. Plötzlich ertönten hinter ihnen Polizeisirenen und verstummten wieder. Da kam einem der Brüder eine Idee. „Er war es! Er hat sie erschossen!", rief Bill. Die Polizei stürmte an ihnen vorbei ins Haus.

Arthur kniete neben Claire. Sie war tot. Seine geliebte Ehefrau war ermordet worden. Er konnte es einfach nicht fassen. Schritte ertönten hinter ihm. „Sie sind verhaftet, Arthur Hill."

Kapitel Eins

Missmutig ging ich nach unten. Ich war wieder viel zu spät dran, aber das war mir egal. Mir war sowieso alles egal. Irgendwann würde sich dieser griesgrämige Lord auch daran gewöhnen. Ich wäre niemals hier geblieben, wenn es eine andere Möglichkeit gäbe, aber die hatte ich nicht.

„Butler!", erklang wieder die nervtötende Stimme von Lord Telleray. Demnach war es halb neun, wie jeden Tag, wenn ich die Treppe herunterkam. Und wie immer antwortete ich ihm nicht, da er mich sowieso nicht herausschmeißen würde. Selbst wenn er es getan hätte, mir wäre es egal gewesen.

„Butler! Arthur! Ich befehle Ihnen, sofort zu kommen! Butler!" Es war genauso wie gestern und die beinahe tausendeinhundert Tage zuvor. Beinahe jeder Tag, seit Claire fort war, begann so. Und dabei hätte ich eigentlich etwas tun müssen. Es wäre verdammt noch einmal meine Aufgabe gewesen, diese Ferrans-Brüder ins Gefängnis zu bringen. Doch ich war kein Detective mehr und würde nie wieder einer werden. Sie schafften es einfach immer wieder, mit Mord davonzukommen.

„Arthur! Komm Sie sofort hierher! Ich erwarte mein Frühstück in zwei Minuten, sonst sind Sie gekündigt! Los! Mister Hill! Bitte kommen Sie, Mister Hill!" Endlich reagierte ich und ging in die Küche. Vielleicht war es ein wenig gemein, dass ich meine unstillbare Wut an ihm ausließ, aber bei seiner Überheblichkeit konnte ich einfach nicht nett sein.

Ich nahm ein Laib Brot, zwei Teller und eine Papiertüte mit Salami und lief damit in den Speisesaal. Die riesige Tafel war absolut nicht geeignet für zwei Personen, aber sonst wohnte niemand in dieser Burg. Egal, wen aus dem Dorf ich auch einlud, nur um mich hier nicht ewig wie das einzige menschliche Wesen in der Umgebung zu fühlen, es kamen nur Absagen. Niemand wollte mit gleich zwei vermutlichen Mördern in einem so alten Gebäude auch nur eine Minute verbringen. Ich konnte es ihnen nicht verübeln, früher hätte auch ich einen großen Bogen um Telleray gemacht. Doch auch wenn man ihn des Mordes verdächtigte, er war leider der letzte

Mensch in England, der mir nicht so gut wie möglich aus dem Weg ging.

Mit Schwung schleuderte ich den zweiten Teller und das Brot und die Salami, nachdem ich mir etwas davon genommen, über die lange Tafel bis zum Lord.

„Sie sollen das Essen bringen und nicht werfen", kam sofort der vorwurfsvolle Kommentar.

„Ich will aber nicht so weit laufen."

„Was Sie wollen, interessiert hier niemanden. Hier ist nur meine Meinung gefragt."

„Sind Sie da sicher? Nur Sie hören sich selbst zu." Damit war die Unterhaltung beendet.

Nach dem Frühstück wollte ich hinauf, um wie jeden Tag zwei Stunden lang vorm Fenster zu sitzen und zu darauf zu warten, dass alles besser werden würde. Dazu kam es aber nicht. Zum ersten Mal im ganzen Jahr klopfte jemand. Es war der Postbote, der schon fortgerannt war, bevor ich die Tür öffnen konnte. Ein Brief lag auf dem Boden. „An Lord Charles Telleray und Detective Arthur Hill, Burg Telleray, Newcastle"

Ich wunderte mich, wer diesen Brief geschrieben haben konnte, denn seit eineinhalb Jahren hatte ich nur noch mit der Gemischtwarenladenverkäuferin und dem Lord geredet. Dass er überhaupt jemals vernünftig mit einer Person geredet hatte, zweifelte ich komplett an.

„Post ist da!", rief ich und schleuderte den Brief durch den Eingang zum Speisesaal und Lord Telleray direkt an den Kopf.

„Können Sie nicht ein einziges Mal aufpassen, Butler?" Er hob widerwillig den Brief auf.

Ich stand schon auf der ersten Treppenstufe, als es in der Küche laut krachte. Auf dem Absatz hetzte ich zurück. Der Stuhl war umgekippt und der Lord stand leichenblass vor der Tafel. Seine Finger zitterten und der geöffnete Brief war ihm aus den Händen gefallen. Panik spiegelte sich in seinen Augen wieder. „Verschließen Sie das Tor, Mister Hill. Ziehen Sie die Zugbrücke hoch. Verriegeln Sie die Hintertür und die Fenster im Erdgeschoss und lassen Sie Wasser in den Burggraben laufen. Bitte. Es ist wichtig."

Mir lief ein kalter Schauer über den Rücken, während Lord Telleray panisch wurde. Ein sonst so gefasster und berechenbarer Mensch ließ sich nur durch eine Katastrophe aus der Ruhe bringen. Ich rannte sofort los, um alles zu erledigen. Erst nach einiger Zeit kam ich in die Küche zurück, wo er immer noch zitternd dastand. Vorsichtig hob ich den Brief hoch und sah ihn mir an.

Ich taumelte rückwärts, als ich die Signatur las. Bill und Louis Ferrans. Angst stieg in mir hoch. Das konnte einfach nicht wahr sein!

Kapitel Zwei

„Lieber Charles,

Lieber Arthur,

hiermit laden wir euch auf unser Anwesen ein. Es steht auf Felsays Island, welche ebenfalls in unserem Besitz ist. Wir würden uns sehr über euer Erscheinen freuen, schließlich sollen zu unserer Feier all unsere Freunde eingeladen werden. Das Fest findet am dritten August statt und ein dreiwöchiger Aufenthalt ist geplant. Wir sind sicher, dass Sie gerne kommen würden. Alte Zeiten vergisst man nicht so schnell, und wir haben sicher viel zu besprechen.

Das Schiff fährt am neunundzwanzigsten Juli um vierzehn Uhr vom Nordhafen in Sunderland ab. Lasst euch überraschen, wo genau die Insel liegt, sie ist in keiner Karte verzeichnet bei ihrer Größe, also ist es umsonst, danach zu suchen.

Das wäre eigentlich alles. Da ihr keinen Grund um abzuschlagen habt, erwarten wir euch. Sonst wären wir noch dazu gezwungen, euch zu besuchen, was äußerst schade wäre, da wir dann sicherlich über euer Nichterscheinen verärgert wären. Wir würden uns nur sehr ungern über euch ärgern, wisst ihr, denn dann verlieren wir manchmal die Geduld, was nie gut ist.

Noch ein paar persönliche Worte an Little Charlie, unseren alten Freund. Wir finden es wirklich schade, dass du den Kontakt mit uns zerstört hast. Weißt du, wir sind sehr ärgerlich darüber und nur eine Versöhnung könnte uns wieder gnädig stimmen. Dass du uns zwei Jahrzehnte lang ignorierst, ist einfach nur bösartig von dir. Und wie du sicher weißt, ist es nicht vorteilhaft, uns als Feinde zu haben, wo wir doch so gerne wieder deine Freunde wären.

Und an dich, Arthur, wir freuen uns, dass du kommen wirst. Sicherlich wirst du viel Spaß hier haben, auch wenn es so furchtbar schade ist, dass Claire nicht kommen kann. Ihr hätte es sicherlich auf Felsays Island gefallen, doch leider wirkte sie bei unserer letzten Begegnung schon so abweisend, dass wir der Meinung waren, sie konnte uns nicht so recht leiden. Aber dieses Problem ist zum Glück endgültig vorbei. Dass unser Treffen mit dir erneut im August stattfindet, ist auch wunderbar. Damals war es ein herrlicher Tag gewesen, nicht wahr?

Mit vielen lieben Grüßen

Bill und Louis Ferrans"

Ich hasste die beiden so sehr, wie ich noch nie jemanden gehasst hatte. Sie erlaubten sich einfach alles. Als ob ich nicht wusste, was sie vorhatten. Es war wohl an der Zeit, mich endlich zu beseitigen. Doch trotz der anfänglichen Panik fürchtete ich nicht mehr. Im Gegenteil, sie würden noch mitbekommen, dass ich kein verweichlichter Volltrottel war. Wenn sie wollten, dass ich kam, dann kam ich auch. Mit wessen Tod das ausgehen würde, würden wir dann sehen.

Der Lord hingegen war den ganzen restlichen Tag und auch den Tag danach nicht ansprechbar. Es war, als wäre er nicht einmal wirklich anwesend. Sein tägliches Gebrüll und die bissigen Kommentare waren dabei schon so zum Alltagsprogramm geworden, dass es beinahe seltsam war. Ich schmiedete einen Racheplan und er schien schon einmal mit seinem Leben abzuschließen. Auf einen Freund meiner Feinde konnte ich sowieso gut und gerne verzichten.

Vorsichtig packte ich den Brief und mein letztes Beweisstück gegen die Ferrans-Brüder in einen Brief, den ich morgen abschicken würde. Hoffentlich würde mein alter Freund Albert dieses Mal an meiner Seite stehen. Er vertraute mir zwar nicht mehr, aber ich konnte nicht anders, als ihm zu vertrauen, wie in alten Zeiten.

Ich würde fahren, da war ich mir sicher. Die Koffer hatte ich schon gepackt. Die wenigen Kleidungsstücke, die ich hatte, die zwei Pistolen, die ich hier in einem der Schränke gefunden habe und ein ganzes Sortiment Messer sollten schon genügen. Und natürlich das Fotoalbum, das Einzige, das ich aus meinem Haus mitnehmen durfte, bevor alles in die Asservatenkammer geliefert und anschließend versteigert wurde. Das wunderschöne Fotoalbum mit handbesticktem Umschlag. Claire hatte Wochen dafür gebraucht, doch das war es wert gewesen. Der mitternachtsblaue Stoff war derselbe, aus dem sie ihre Kleider angefertigt hatte. Sie hatte diese Farbe so geliebt.

Behutsam klappte ich das Album auf. Das erste Foto war von unserem Hochzeitstag, der beste Tag in meinem gesamten Leben; das zweite war von viel früher, als wir uns gerade kennenlernten, sie hatte einfach keinen Sinn für Ordnung gehabt. „Was wichtig ist, gehört ganz nach vorne. Diese blöden Zahlen merkt sich doch sowieso kein Mensch", hatte sie mir gesagt gehabt. Nur ein Foto steckte lose zwischen den Seiten. Es war vom zehnten August, ein Tag bevor ... Mir schossen die Tränen in den Augen, während ich vor meinem inneren Auge sah, wie fröhlich sie an diesem Tag gewirkt hatte. So, als hätte nichts schiefgehen können. Sie war so ein Sonnenschein gewesen. Doch diese Menschen hatten sie mir genommen. Das würden sie büßen. Es gab keinen Preis, der mir für ihren Tod zu hoch war. Ich hatte schon so nichts zu verlieren außer meinem Leben und das war schon seit drei Jahren vorbei.

Kapitel Drei

Claire kam mit großen Hüpfschritten aus dem Garten herbei. Ihr Haar wehte im Wind und sie lachte fröhlich. Ihr mitternachtsblaues Kleid flog in die Höhe, als sie sich einmal herumdrehte und dann stehenblieb. „Und? Wie findest du es?", fragte sie gespannt.

„Wunderschön. Nur den linken Ärmel könntest du noch kürzen, der sieht irgendwie länger aus."

Sie lachte herzlich. „Ganz recht, es ist beinahe ein halber Inch Unterschied. So etwas fällt aber nur dir auf, Arthur."

Nun begann auch ich zu lachen. „Lass es so, wenn es so wenig ist. Du hast recht, das fällt wirklich nur mir auf, und ich finde, so sieht es sehr originell aus."

„Finde ich auch."

Sie kam näher und legte ihre Arme um meine Schulter. Sanft strich ich ihr über die Wange. Sie war einfach wunderbar. Die schönste und gleichzeitig klügste Frau, die es auf dieser Welt nur gab. Und gleichzeitig so unglaublich chaotisch, dass sie wohl vergessen hatte, dass sie nach dem Messen einen Ärmel noch gekürzt hatte. Aber wenn es Claire nicht störte, störte es mich auch nicht.

Ich gab ihr einen Kuss und löste mich aus ihrer Umarmung. „Es wird Zeit, wieder an die Arbeit zu gehen. Sobald dieser Fall erledigt ist, fahren wir auch ans Meer, wie versprochen."

„Wirklich?" Sie hüpfte auf und ab wie ein kleines Kind, das nicht auf sein Geschenk warten konnte. „Super! Woran arbeitest du denn gerade?"

„Am Fall über die Ferrans-Brüder. Ich sollte aber bald damit fertig sein, die Beweise habe ich schon. In zwei Tagen werde ich dem Polizeipräsidenten höchstpersönlich die Akte Ferrans übergeben. Es wird schon nichts schiefgehen." In Gedanken ging ich noch einmal alle Beweisstücke durch. Ja, es konnte nichts schiefgehen, so gründlich wie ich gewesen war.

„Da freue ich mich. Und ich wette, es wird perfekt. Du bist immerhin der beste Detective in Newcastle. Außer dann, wenn du schon wieder viel zu lange mit irgendwelchen Papieren beschäftigt bist und nicht mitbekommst, dass ich sie am liebsten aus dem Fenster werfen würde."

Ich schmunzelte. Das war typisch für sie. Aber bald war es vorbei. Es war mein größter Fall bisher und es durfte einfach keine Zwischenfälle geben. Diese beiden waren gefährlich, auch wenn nie offiziell gegen sie ermittelt wurde. Ihre Macht über die Leute musste ein Ende haben.

„Bin schon fertig." Ich ordnete alles an die richtige Stelle und legte die Beweise wieder unter all meine Papiere. Am nächsten Tag würden die Beweise zusammen mit Claires Leben auf immer davon sein.

Kapitel Vier

Ich wuchtete meinen Koffer über das Geländer, sodass er mit einem riesigen Tumult ins Erdgeschoss fiel. Nur eine Sekunde später flog mein Mantel hinterher, den ich vergessen hatte einzupacken. Ich hatte Geschimpfe erwartet oder wenigsten einen abwertenden Kommentar, doch außer dem Krach, den ich machte, war nichts zu hören. Es war beinahe langweilig, seit der Lord so durchdrehte. Das Einzige, auf das ich mich in dieser Burg früher verlassen konnte, war sein ewiges Genörgel an allem Möglichen und jetzt fehlte es mir ein wenig. Es war hoffnungslos, er schien nichts machen zu wollen und nur auf sein Ende zu warten. Einfach verabscheuenswert. Wegen solchen Leuten, die sich nur von ihrer Angst leiten ließen, gewannen solche wie die Ferrans immer wieder. Und dabei brachte es absolut nichts, stundenlang herumzusitzen und zu heulen.

Mit viel Schwung schlitterte ich die Treppe hinunter, was wohl nicht gerade die beste Idee war. Immerhin, ich war ziemlich schnell unten, wenn auch nicht besonders sanft gelandet. „Und? Will der Lord nicht langsam seine Koffer packen?"

Keine Reaktion. Er starrte wie immer die Wand an und zitterte, als hätte er Schüttelfrost. Und dabei waren es hier drinnen ganze drei Grad plus. „Hallo? Ist ihr Gehirn schon aus dem Oberstübchen geflossen vor lauter Weinen oder sind die Stimmbänder vom Zittern geplatzt?"

Immer noch keine Reaktion. Wenigsten der Teller war leer, da hatte ich weniger zu abwaschen. „Also, da Sie mir nicht antworten, nehme ich mal an, dass Sie das nicht können, aber äußerst gerne auf diesen kleinen Urlaub fahren würden."

„Nein", antwortete er mit zitternder Stimme, „Ich werde nicht fahren. Nie im Leben. Ich will sie nie wiedersehen."

„Prima. Dann machen Sie sich schon auf einen Besuch bereit. Mit den beiden ist nicht zu spaßen, wie Sie wissen."

„Mein Leben ist auch so schon ruiniert."

„Selbstmitleid bringt da auch nichts. Bevor Sie aufgeben, könnten Sie ihnen wenigstens einmal so richtig auf die Fresse hauen."

„Dann machen Sie das ruhig."

„Mach ich doch. Wenn Sie also gerne ganz einsam in dieser riesigen Burg sitzen möchten, während jederzeit Mörder anklopfen könnten, machen Sie das ruhig. Oder aber Sie kommen mit und wir knallen die beiden ab oder hauen ihnen wenigstens einmal so richtig auf die Klappe. Sie haben die Wahl. Und wie Sie sagen, Ihr Leben ist sowieso schon ruiniert."

„Meinen Sie, irgendetwas an dem, was sie sagten, ist auch nur in geringster Weise plausibel? Wieso sollte ich mich noch abmühen, wenn alles sowieso bald sein Ende findet?"

„Stellen Sie sich nur einmal vor, Sie sitzen hier ganz alleine und zittern vor sich hin. Tränen laufen Ihnen über die Wangen und Sie hoffen nur noch, dass alles bald zu Ende ist. Bei jedem Windstoß, der gegen die Burg haut, glauben Sie, dann sich die Tür öffnet und wissen, dass jeder Moment Ihr letzter sein könnte. Sie werden hier einsam und allein sterben und niemand wird um Sie weinen. Sie werden so voller unnötiger Angst sein und es gibt dann nichts mehr, das Sie tun könnten. es wird qualvoll sein, zu warten. Und Sie werden monatelang hier liegen, wenn Sie erst tot sind, ohne dass jemand Sie bemerkt. Und ..."

„Also gut. Ich komme mit. Aber hören Sie mit diesem abscheulichen Schauergeschichten auf." Besser als seine Mitleidsbekunden für ihn selbst war es allemal.

Kapitel Fünf

„Hopp hopp! Es ist Zeit!" Ich eilte die Treppe hinunter. Auf mein Gesicht hatte sich ein bitteres Grinsen geschlichen. Ja, ich freute mich tatsächlich, Claires Mörder in nur wenigen Stunden oder Tagen wiederzusehen. Besser gesagt, sie sterben zu sehen. Selbst der Gedanke daran bereite mir schon Genugtuung. Vor Hass konnte ich diesen Augenblick kaum abwarten, Zweifel hatte ich erst recht nicht. Bald würde es endlich soweit sein.

„Ich gedenke nicht, irgendetwas zu tun, bevor ich nicht mein Frühstück erhalten habe, Butler!" Lord Telleray war wieder der alte. Bissig so wie immer. Aber heute hatte ich zu wenig Zeit, um ihn wieder minutenlang zu ignorieren. Also lief ich etwas widerwillig los, um es wie immer aus der Küche zur Tafel zu bringen und hinüber zu schleudern.

„Es hätte nicht weniger lang gedauert, wenn Sie den Teller dabei zerstört hätten. Reißen Sie sich einmal zusammen und lassen Sie diesen Unfug." Dafür, dass er sich bald endlich rächen konnte, wirkte er ziemlich verärgert. Manche Menschen wissen eben nicht, was sie wollen.

Zwanzig Minuten später war es dann doch so weit. Vermutlich würde ich die alte Burg nie wieder sehen, was mich ein wenig mit Wehmut erfüllte. Ich hätte nie gedacht, dass ich dieses zerfallene Gemäuer jemals vermissen würde, aber es war so. So oder so, ich würde niemals zurückkehren können. Entweder würde ich im Gefängnis landen oder nie mehr die Insel verlassen. Mir gefiel zwar keins von beiden, aber eine Wahl hatte ich nicht wirklich. Sie konnten nicht mit Mord davonkommen und dafür war ein weiterer Mord nötig.

„Ich glaube, ich bleibe doch lieber hier", meinte der Lord urplötzlich und wollte schon wieder über die Zugbrücke in die Burg verschwinden. Rechtzeitig hielt ich ihn jedoch am Arm fest und zerrte ihn zum Wagen hinunter. Erstens hatte ich keinen Führerschein und zweitens würde er wenigstens für eine Ablenkung in meinem Plan zu gebrauchen sein.

„Das können Sie vergessen. Erinnern Sie sich an meine Worte gestern, was dann geschehen wird. Glauben Sie mir, das hier ist die viel bessere Variante."

„Sind Sie sicher?"

„Aber natürlich." Eigentlich war ich es nicht, aber das musste ich ihm nicht unbedingt erklären. Es gab sowieso kein Zurück mehr, nicht für mich und nicht für ihn.

Lord Telleray hatte den Wagen gestartet und drückte auf das Gaspedal, womit eine rasante Fahrt begann, nach der mir so übel wie noch nie wurde. Die Bremse schien er komplett zu ignorieren und er fuhr über alles, was ihm im Weg stand. Vielleicht hätte ich ihn nach einem Führerschein fragen sollen, denn es wirkte ganz und gar nicht so, als hätte er fahren gelernt.

Nachdem wir also in eine Fabrikhalle, wohlbemerkt durch die Wand, dieses Automobil ist wirklich stabil, hineingeparkt hatten, suchten wir nach dem Schiff. Plötzlich tippte mir jemand von hinten auf die Schulter. Ich wandte mich um. Es war ...

Kapitel Sechs

Es war Theodor Kelling, sozusagen ein alter Bekannter. Mein erster Fall als Detective und gleichzeitig meine erste Verhaftung, die zwanzigste und auch die vorletzte. Ich hatte schon immer geahnt, dass er etwas mit den Ferrans zu tun hatte. Nun hatte ich den Beweis.

„Was machen Sie hier?", fragte ich abwertend und verkrampfte meine Körperhaltung. Es wäre nicht das erste Mal, dass er mich in eine Prügelei hineinziehen würde. Bisher war ich aber immer stärker gewesen und gebrochen hatte ich mir dabei auch noch nie etwas.

„Ich dachte, ich zeige Ihnen beiden, wo das Boot liegt", meinte er mit übermäßiger Freundlichkeit. Am liebsten hätte ich ihm das Lächeln aus dem Gesicht geschlagen, aber ich musste mir keine Kraft für die anderen Volltrottel aufsparen.

So gingen wir den Pier entlang. Besser gesagt, er ging, und ich zerrte Lord Telleray hinter mir her, der sich wie ein kleines Kind benahm, das Angst vor einem großen Hund hatte. Vielleicht sollte ich Mitleid mit ihm haben, aber erstens war ich in derselben Situation und zweitens bemitleidete er sich selbst genug. Letztendlich bleiben wir vor einer Jacht stehen.

„Ein kleineres Boot konnten Sie wohl nicht finden? Ist dieses Wrack überhaupt fahrtüchtig?"

„Ich erlaube es mir, diese wohl nicht ernst gemeinten Fragen zu überhören. Sie machen wohl gerne Scherze, Butler."

Ich verkniff mir eine Antwort, da es sonst ein wenig ausgeartet wäre. Hoffentlich war die Reling nicht so hoch, dann konnte er den halben Weg zurück ans Ufer schwimmen.

So gingen wir an Deck; das Schiff legte erst zehn Minuten später ab. Wir waren wohl die letzten Gäste gewesen, so etwa zehn andere Menschen waren an Bord, und das trotz der schnellstmöglichen Fahrt, die nur möglich wäre.

Nur kurze Zeit später, nachdem ich den Lord in eine der Kabinen gebracht hatte, machte ich mich auf die Suche nach den Ferrans-Brüdern. Je schneller alles zu Ende war, desto besser.

Ich konnte es kaum abwarten, ihren Machenschaften ein Ende zu setzen. Die Frage, ob es wirklich richtig war, ließ ich dabei außen hervor.

Kapitel Sieben

Zitternd kauerte ich auf dem Boden. Ich wünschte mir, dass alles möglichst schnell vorbei war. Hätte ich mich bloß nie von Arthur überreden lassen. Es war sowieso Unsinn. Gegen Bill und Louis konnte niemand gewinnen, es war einfach unmöglich. Ich hatte selbst dabei versagt, aber daran konnte man es nicht messen, ich hatte schließlich bei allem versagt. Versagen war immer mein größtes Talent gewesen, war es immer noch und würde es immer sein. Aber wie Mutter gemeint hatte, ein Talent sei besser als keines, so schlecht es auch sein könne.

Arthur war einfach verschwunden und ich war abermals allein. Allein an diesem Ort, an dem ich nicht sein wollte, mit Menschen, die ich auf den Tod nicht ausstehen konnte. Nur auf meine ewige Furcht konnte ich mich verlassen. Wie sollte man sich in dieser riesengroßen und hoffnungslos überfüllten Welt auch nicht fürchten? Ich weiß nicht, was es an diesem so irreal wirkenden Leben nur Gutes gab. Wie Louis mir gesagt hatte, es ginge nie darum, das Leben in etwas Gutes zu verwandeln, sondern nur darum, zu gewinnen.

Wieso mussten sie sich nach all den Jahren wieder bei mir melden? Ich hatte doch alles richtig gemacht! Ich hatte doch geschwiegen, wie sie es verlangt haben. Ich hatte doch alles getan, damit mich niemand in meiner Burg stören würde. War meine Ruhe etwa zu viel verlangt nach alldem, was ich für sie getan hatte? Ich konnte nicht mehr! Ich war schlichtweg am Ende!

Das, was sie getan hatten, würde ich ihnen nie vergessen. Aber sollte ich deshalb so wie Arthur versuchen, einen Mord zu begehen? Sicher nicht, denn dann wäre ich auch keinen Deut besser als sie. Er kann es meinetwegen machen, aber ich nicht. Ich hätte sowieso viel zu viel Angst davor. Ich habe viel zu viel Angst vor allem Möglichem, sogar vor der Sicherheit, da es so etwas logischerweise in einer solch unsicheren Welt nicht geben kann und Nichtexistentes nur zum Fürchten da ist.

Ich solle meine Angst vergessen, wie oft mir das schon jemand gesagt hatte, wusste ich nicht mehr. Es war wohl das Erste, das allen in Bezug auf mich einfiel. Doch eigentlich schützte sie mich nur.

Wenn ich auf meine Angst gehört hätte, als ich Bill und Louis das erste Mal begegnet war, wäre ich heute nicht in dieser Situation. Ich säße zuhause, beim allabendlichen gemeinsamen Essen und würde mir Vorträge von meinen Eltern darüber anhören, wie ich mich in meinem Alter verhalten sollte. Sie waren so stolz auf mich gewesen, als ich das allererste Mal ein beliebter Junge war. Mit echten Freunden, noch dazu älteren, war ich mit dem Automobil meiner Eltern durch die Straßen gerast und habe bis nach Mitternacht in den bekanntesten Discos der Gegend gefeiert. Sie waren nie auf meine perfekten Noten, meine ellenlange Aufsätze, die im Schulflur aufgehängt worden sind und auf meine Bronze- , Silber- und Goldmedaillen in schulinternen und sogar nationalen Wettbewerben wirklich so stolz gewesen, als wenn ich das erste Mal Freunde um mich hatte, die mich für modern und grandios hielten. Doch was hatte es Mutter und Vater gebracht? Nur den Tod, nicht mehr und nicht weniger.

Ich wünschte, es gäbe ein Zurück, aber das gibt es nicht. Ich bin hoffnungslos verloren, so wie alle, die das Pech hatten Bill und Louis näher kennenzulernen.

Kapitel Acht

Ich hatte sie nicht gefunden. Sie seien nicht da, würden erst viel später ankommen, sie haben Geschäftliches zu erledigen, hatte man mir gesagt. Von wegen. Sie wollten sich wohl nicht mit mir anlegen. Dann würden sie ihre gehörige Abreibung später bekommen, ich konnte auch warten.

Mittlerweile hatte das Schiff am Inselhafen angelegt und die meisten waren schon dabei auszusteigen. Beinahe hätte ich den Lord vergessen, aber er hatte es irgendwie alleine geschafft. Vermutlich war es ihm im dunklen und wackeligen Schiff zu ungemütlich gewesen. Und wenn nicht, wäre es mir sicher noch früh genug wieder eingefallen. Ich bin schließlich nicht sein Aufpasser oder etwas Derartiges.

Vorsichtig ging ich über die schmale Planke auf Festland, als ich einen Stoß von hinten spürte. Aus Instinkt drehte ich mich um und zerrte die Person nach vorne. Und da vor mir der Rand der Planke war ... Es machte einige schöne große Wellen und Wassertropfen flogen in die Höhe, als Theodor Kelling im Wasser landete. Geschah ihm recht.

Und so lief ich munter mit meinem Koffer aufs Festland. Leider hatte er es überlebt, ein schöner Schock war es sicherlich trotzdem gewesen. Ich wollte jedenfalls nicht baden gehen, aber wenn er ein so dreckiger Mensch war ...

„Hier. Tragen Sie meine Koffer." Eine furchtbar hässliche Dame mit einem orangefarbenen Hut stand vor mir und wollte mir ihre Koffer eindrehen. Da passte man einen Moment lang nicht auf und dann so etwas.

„Tragen Sie sie doch selbst." Ich konnte sie nicht leiden. So furchtbar aufdringlich und noch dazu dieser Stil ... Welcher vernünftige Mensch trug einen leuchtend orangefarbenen Hut zu einem hellgelb und dunkelgrün gestreiftem Kleid? Der rote Schal vervollständigte das abstrakte Bild. Sie sah wie eine geköpfte Frau mit eitrigem und verschimmeltem Kleid aus, dessen Hut ein wenig zu viel Blut abbekommen hatte.

„Sie unhöflicher Flegel! Wie können Sie es wagen! Tragen Sie sofort meine Koffer, Butler!"

„Ich sagte Ihnen: Tun sie es doch selber, oder haben Sie ein Problem mit den Ohren?" Wenn sie nett gefragt hätte, wäre es etwas anderes gewesen, aber so konnte ich mich ruhig mit ihr anlegen. Sie war selbst schuld. Und mit meinen Feinden musste ich mich sowieso nicht vertragen.

Ich ging davon und sofort suchte sie jemand anderen, der ihr ihre Koffer tragen wollte. Nur zwanzig Sekunden später klebte sie Lord Telleray an den Fersen, der ihr offenbar auch nicht helfen wollte. Erst in dem klitschnassen Theodor Kelling fand sie jemanden, der sich für sie interessierte. Dreck und Dreck gesellt sich gern, wie man so schön sagt.

Währenddessen sah ich mir die Insel an. Alles schien riesig groß zu sein, doch das Anwesen war vom Steg aus gut zu erkennen. Größer ging es wohl nicht mehr, sonst wäre es noch über die Kante gefallen. Rechts erstreckte sich ein langer Sandstrand, der in einem Wald mündete. Was hinter dem Haus war, konnte ich nicht erkennen, da es nicht nur ein Gebäude war. Alles war so abscheulich übertrieben, das mir beinahe übel wurde. Und das hatten die Ferrans-Brüder vom Geld fremder Leute gekauft, die sie erpressten und beizeiten sogar töteten. Einfach abscheulich.

Kapitel Neun

Was tat ich hier nur? Wieso war ich nur hierher gekommen? Was hatte ich bloß vor? Verzweifelt schmiss ich meinen Koffer an die Wand, sodass er aufklappte und sich eine Flut an verschiedenen Sachen über das Zimmer ergoss. Die Erzfeinde besuchen gehen, auf diese Idee konnte nur ich kommen. Und noch dazu einen Doppelmord planen. Das war das komplette Gegenteil von dem, an das ich früher geglaubt hatte. Ich war das komplette Gegenteil von der Person, die ich vor Jahren einmal gewesen war.

Eine Vase bretterte gegen die Wand und zerbrach in tausende Einzelteile. Scherben flogen durch die Gegend und Wasser spritzte durch den Raum. In Sekundenschnelle war ich durchnässt, doch es interessierte mich herzlich wenig. Nur kurz darauf hatte ich meinen Koffer vom Boden gezerrt und erneut gegen die Wand geschleudert. Mein Herz bebte wie wild vor Wut und ich wollte alles kurz und klein schlagen, was mir nur im Weg stand. Kurz danach flogen die Stühle und der Tische durch den Raum und durchs Fenster hinaus.

Nach einiger Zeit, als es wirklich nichts mehr zum Zerschlagen für mich gab, sank ich auf den Boden. Um mich herum waren Scherben, Splitter und Wasser. Alles war zerstört. Ich hatte wieder alles zerstört. Wieso nur? Wieso bekam ich es nie richtig auf die Reihe? Hätte ich damals nicht diese Ermittlung gegen die Vorgaben begonnen, wäre Claire nie etwas geschehen. Wäre ich bloß einen Tag früher fertig geworden und hätte es verfrüht weitergereicht. Wären sie bloß mir und nicht ihr begegnet. Mein Leben war doch auch so schon so gut wie vorbei ohne sie. Ohne mich wäre sie nur diesen nervigen Klotz am Bein losgeworden. Es wäre so perfekt für alle gewesen. Doch stattdessen saß ich hier und wollte jemanden umbringen. Ich wollte tatsächlich jemanden umbringen. Ich, der jahrelang für Recht und Ordnung gesorgt hatte und Mörder, egal welches Motiv sie auch hatten, nie verstanden hatte. Doch von mir war auch so nicht viel übrig.

Mein Blick fiel auf eine der größeren Scherben, die aus dem Spiegel gebrochen waren. Eine kleine Scherbe, in der ich mich widerspiegelte. Ein winziger Ausschnitt aus meinem ehemaligen Selbst, der einzige, der noch entfernt an damals erinnerte. Mein

Haar war grau geworden und ganz schon mit Ende dreißig. Die Lachfalten in den Mundwinkel schienen auf meine Stirn gewandert zu sein. Ich konnte überhaupt nicht mehr lächeln, auch wenn ich es früher so geliebt hatte. Es war kaum etwas von mir übrig. Ironische und gemeine Kommentare, vermischt mit ewigwährender Überheblichkeit waren das, was mich nun ausmachte. Nicht mehr und nicht weniger. Ich war jämmerlich, schlichtweg jämmerlich. Ich wusste nicht einmal mehr, wer ich wirklich war. Fröhlichkeit und Herzlichkeit hatten sich in Wut und Verbitterung verwandelt. Ich liebte es, andere Menschen zu ärgern und meinen Feinden zu schaden. Ich wollte die Leute um mich herum zerstören, so wie sie es getan hatten. Nicht mehr und nicht weniger. Auf irgendeine Weise hatte ich über die Jahre wohl mich selbst verloren. Irgendwo, in den alten Zeiten. Zum Glück war bald alles vorbei. Ich brauchte nicht mehr zu kämpfen, denn da gab es nichts mehr. Ich hatte sowieso schon alles verloren.

Kapitel Zehn

Ich konnte meinen Augen nicht trauen, als ich sie erblickte. Louis und Bill waren hier. Beinahe zwanzig Jahre hatte ich sie nicht mehr gesehen und ich konnte gut auf sie verzichten. Aber wieso hatte man uns angekündigt, sie würden später kommen? Welches Spiel spielten sie nur?

„Little Charlie! Wir freuen uns so, dass du hier bist." Beide grinsten und kamen auf mich zu. Am liebsten hätte ich mich umgedreht und wäre fortgerannt, doch vor Angst wie gelähmt blieb ich stehen. Wenn die beiden auftauchten, konnte das nur etwas Schlechtes bedeuten.

„Sei nicht so schüchtern, mein Freund. Wir wollen dir doch nicht Schlimmes. Du bist immerhin unser bester Freund, nicht wahr? Und einem so gutem Freund, auf dessen Unterstützung und Freundlichkeit wir immer zählen können, würden wir doch nie etwas Schlechtes wollen."

„Ich bin nicht euer bester Freund", antwortete ich mit zitternder Stimme, „Ich hasse euch."

Wäre ich nicht so ein Feigling gewesen, hätte ich sie beinahe geohrfeigt. Doch so traute ich mich nicht einmal, ihnen ins Gesicht zu sehen. Ich wollte mich nur noch irgendwo verstecken, um dieser grausamen Welt zu entkommen.

„Sag doch sowas nicht. Du willst doch nicht, dass du es am Ende bereust. Weißt du, es passieren viele Unfälle mit den Menschen, die sich gegen unseren Schutz entscheiden."

„Das interessiert mich nicht. Mehr als einmal töten könnt ihr mich sowieso nicht." Ich hatte etwas gezögert, bevor ich antwortete und überzeugt klang es auch nicht wirklich. Ich konnte einfach nicht gegen sie gewinnen. Sie waren viel stärker und beliebter als ich. Ich würde doch sowieso sterben.

„Tu doch nicht so, als wärst du mehr als ein verweichlichtes Muttersöhnchen, dessen liebste Beschäftigung Flennen ist. Du wirst schon verstehen, dass du uns brauchst. Jeder braucht uns. Und weißt du, bei jedem anderen wäre längst ein Unfall geschehen, aber da du unser Freund bist, beschützen wir dich. Nur du bekommst diese Ehre. Und solange du auf uns hörst, wird das so bleiben. Erinnere dich daran, was wir alles für dich getan haben. Ohne uns wärst du niemals reich geworden. Ohne uns wärst du niemals auch nur für eine Stunde beliebt geworden. Ohne uns wärst du heute noch der kleine Streber, der in der Ecke sitzt und hoffnungslos versucht, nicht zu flennen, weil jemand ihn leicht gestoßen hat. Glaub uns, wir sind alles für dich. Und wir würden dich gerne in allem unterstützen, was du noch willst. Eine Freundschaft ist im Gegenzug sicher nicht zu viel verlangt."

Ich schluckte. Ich wusste nicht, ob ich wirklich das sagen sollte, was ich dachte. Ja, sie hatten viel für mich getan. Zu viel. Ohne sie hätte ich heute noch eine Familie. Ohne sie hätte ich nie jemandem bei einem Mord geholfen. Ohne sie wäre Vieles besser gewesen.

Bill legte mir sanft eine Hand auf die Schulter und grinste mir blöd ins Gesicht. Ohne es wirklich zu wollen, griff ich sie plötzlich an. Wie wild schlug und biss ich um mich, nur um sie endlich loszuwerden. Ich hatte Angst. Unglaubliche Angst. Und außer einer Flucht schien es keinen Ausweg zu geben.

Nach nur wenigen Minuten hatten sie mich jedoch beide von einer Seite ergriffen und ich die Höhe gehoben, sodass ich nur wie wild mit meinen Beinen im Nichts strampeln konnte. Sie waren nicht nur größer, sondern auch stärker als ich. Und zwei. Und egal, was ich auch tat, ich konnte nicht gewinnen, das hatten sie mir wieder gezeigt. Ich war der geborene Verlierer. Jemand, der von Beginn an zum Scheitern verurteilt war.

„Little Charlie, sei doch nicht so wütend. Wir sind deine Freunde."

„Ihr seid nicht meine Freunde."

„Und dieser Arthur Hill etwas doch? Verlass dich nicht darauf, er wird den Abend nicht überstehen."

„Er ist auch nicht mein Freund."

„Das ist prima. So wirst du bei seinem Tod wenigstens nicht traurig. Ich sagte doch, wir sind eben deine Freunde. Deine einzigen Freunde."

„Ihr habt meine Eltern getötet, wie könntet ihr da nur meine Freunde sein."

„Das war doch deinetwegen. Du wärst ins Gefängnis gegangen und sie hätten dich enterbt. Du wolltest doch immer reich sein."

„Nein, ich wollte eine Familie haben. Und ihr habt sie mir genommen."

„Wir sind doch so wie deine Familie, Little Charlie. Wir waren immer für dich da, haben dir das Leben gerettet."

„Und genauso zerstört. Ihr habt alles zerstört."

„Sei nicht traurig. Los, hör auf zu flennen, mein Kleiner. Es bringt doch nichts. Es bringt auch nichts, wenn du gegen uns kämpfst. Du bist unser Freund, schon fast wie ein Bruder. Da wäre es doch schade, wenn dir auch etwas zustoßen würde, nicht wahr? Deshalb, halte dich von den Nebengebäuden ab sechs Uhr nachmittags fern. Ich wäre furchtbar schade, wenn du wie Arthur Hill enden würdest. Morgen wirst du dich sicher anders entscheiden, da sind wir uns sicher. Wenn du nur siehst, was manchmal geschehen kann, dann wirst du gerne unser Freund sein."

Sie ließen mich los, sodass ich hart auf dem Boden aufknallte und gingen weg. Ich war wieder allein. Was meinten sie bloß? Was wollten sie nur tun? Sollte ich Arthur wohl warnen? Lieber nicht, sonst wäre ich auch in Gefahr. Vielleicht konnte ich noch mit ihnen handeln. Ja, so sollte ich es machen. Man konnte nicht gegen sie gewinnen und ich wollte nichts riskieren.

Arthur Hill würde kein großer Verlust sein. Er war doch nur ein Butler mit einem vorlauten Mundwerk. Ich konnte nichts für ihn tun. Man durfte sich eben nicht mit ihnen anlegen. Es war besser so. Ich würde ihnen wieder helfen und sie mir. Es war der einzige Weg. Ich konnte nicht gegen sie kämpfen. Ohne sie würde ich doch nur wieder verlieren.

Meine Tränen tropften auf die Erde und ich blieb liegen, die Mittagssonne anstarrend. Ich wollte ihnen nicht helfen, aber der Streit hatte wieder gezeigt, dass ich so mutig und tapfer sein konnte, wie ich nur wollte, ich würde nicht gewinnen. Sie hatten schon meine Eltern getötet. Sie hatten schon meine Schulkameraden getötet. Sie hatten schon ihre verräterischen Freunde getötet. Sie hatten auch schon Claire Hill getötet, das wohl Unsinnigste unter allem. Sie würden Arthur töten, da konnte ich nichts tun. Und wenn ich ihnen nicht half, würden sie mich töten. Ich hatte viel zu viel Angst, als dass ich etwas anderes tun konnte. Vor Angst hätte ich sogar mich selbst an den Teufel verraten, wenn es mir nur weitere Angst erspart hätte. Angst war das einzige in meiner Welt. Ich konnte nicht mehr fortlaufen, ich musste sie unterstützen. Schweigen und sie verstecken, bis alles vorüber war, sonst würden sie mich töten. Ich hatte viel zu viel Angst vor dem Tod. Ich wollte diese Insel lebendig verlassen, was auch immer es kosten würde.

Kapitel Elf

Ich hatte es satt, hier zu sein. Wahnsinnige um mich herum, wohin ich nur blickte. Doch einen Ausweg gab es nicht. Ich war am Ende und das nicht nur im übertragenden Sinne.

Um mich herum waren fast nur meine Feinde. Ich kam nicht aus diesem Schloss heraus, da immer irgendjemand der siebzehn Gäste draußen herumirrte. Sie achteten darauf, was und wie jeder tat. Und das mit einer Freundlichkeit, die nicht zu übertreffen war. Am liebsten hätte ich diesen Halunken eine gescheuert, so wütend, wie ich war. Es war einfach grauenhaft. Nicht einmal die beiden Obervollpfosten waren schon angekommen. Ich wünschte mir nur noch, dass alles schnell ein Ende finden würde.

Die kleine Hütte, in der ich hier wohnen musste, war auch nicht gerade grandios. Ich verstand einfach nicht, wieso alle anderen im Hauptgebäude wohnten und nur ich hier. Sicher hatte das einen Grund, den ich weder wissen sollte noch wissen wollte. Mir war sowieso alles egal. Ich hasste es hier aus ganzem Herzen.

Draußen vorm zerbrochenen Fenster geisterte Lord Telleray durch die Gegend. Es war wirklich seltsam, schon den ganzen Tag lief er draußen herum, auch wenn er sich sonst so gerne in seinem Zimmer verbarkadierte. Vielleicht bildete ich mir nur ein, dass da etwas nicht stimmte, aber es war einfach zu untypisch für ihn. Wieso hatte er sich so sehr verändert? Aber mich sollte so etwas nicht interessieren.

Ich ging wieder auf das Bett zu und ließ mich darauf sinken. Viel war nach meinem Wutausbruch gestern nicht mehr übrig geblieben. Aber so viel brauchte ich auch nicht. Die Pistole steckte in meiner rechten Jackentasche, die Messer in der linken. Das Fotoalbum hatte ich beinahe gar nicht aus der Hand gelegt, es war viel zu kostbar, um es zu zerstören. Doch ansonsten? Die ganzen Sachen brauchte ich sowieso nicht. In den Himmel oder wohl eher die Hölle könnte ich alles sowieso nicht mitnehmen. Mir war auch so schon alles herzlich egal. Bald würde alles vorbei sein, da konnte ich nichts daran ändern. Vielleicht würde ich Claire wiedersehen, dann hätte es etwas Gutes gehabt.

Kapitel Zwölf

Ungeduldig lief ich über den Garten. Der Weg war einfach furchtbar, egal, wie sehr ich mich bemühte, es war kein symmetrisches Muster zu erkennen. Ich verrenkte mir beinahe die Beine, um nicht auf die Lücken oder gar dreckige Platten zu treten. An manchen Stellen wusste ich nicht einmal, wo vorne und wo hinten war, so sehr musste ich mich drehen und wenden, um bloß nicht irgendwo falsch aufzutreten. In Gedanken verfluchte ich den Architekten, der diesen Weg entworfen hatte. Ich hatte viel Wichtigeres zu tun, als auf die Steine zu achten, aber das beschäftigte mich zu sehr.

Eigentlich wolle ich die Gegend beobachten, nach dem Ausschau halten, was geschehen würde. Ich war mir immer noch nicht sicher, ob ich Arthur vielleicht doch warnen sollte, oder allem seinen gewohnten Gang lassen sollte. Teddi, also Theodor Kelling, hatte mir noch einige Hinweise gegeben. Irgendetwas über ein Pulverfass, das sich zufällig hinter den etwas abseits stehenden Hütten befand. Und, wie gut brennbar die Wände doch seien. Ich müsste nur im rechten Zeitpunkt möglichst weit weg sein, dann wäre alles geregelt. Alles würde wie vor zwanzig Jahren sein, ich würde schweigen und sie mir zu Erfolg verhelfen. Wem machte es schon aus, ob nun dutzend oder hundert Personen sterben mussten? Arthur hatte sich sicher schon damit abgefunden.

Plötzlich wurde ich aus meinen Gedanken gerissen, weil ich mich jemand umgerannt hatte. Strauchelnd versuchte ich mich auf den Beinen zu halten und möglichst auf keine Lücke zu geraten, während die Person neben mir mit einem riesigen Tumult zu Boden ging. Erst nach einiger Zeit fiel mir überhaupt auf, dass noch jemand in den Vorfall verwickelt gewesen sein musste. Da bemerkte ich die junge Frau, die offenbar für diese Misere zuständig war. Es war nicht diese vollschlanke Egoistin, der ich am ersten Tag begegnet war. Nein, sie kannte ich noch nicht.

„Guten Tag, die Dame."

„Tag." Inmitten von einem Haufen Scherben suchte sie zusammen, was noch zu retten war. Was sie mit einem so großen Stapel Geschirr draußen zu suchen hatte, war auch mir unklar. Außerdem

34

wirkte sie ein wenig unfreundlich. 'Tag' war ebenfalls keine gängige Begrüßung.

Kaum dass sie alles aufgesammelt hatte, starrte sie mich erwartungsvoll an. Spät kam ich auf die Idee, dass ich ihr aufhelfen sollte. Ein wenig hatte ich gehofft, sie würde allein klarkommen. Immerhin war sie über mich gestolpert und nicht andersherum. Ich wollte niemanden sehen, niemandem helfen und nur meine Ruhe genießen. Doch nicht einmal entschuldigen konnte sie sich.

Doch leider musste ich der Nervensäge hochhelfen, um meinen Weg fortsetzen zu können. Und dabei waren ihre Hände ekelhaft nass, dass ich eigentlich dafür schon eine Entschuldigung verlangen hätte können. Sie jedoch schien nicht annähernd darauf zu kommen, dass ihre Aufdringlichkeit alles andere als angebracht war.

„Sie heißen?", fragte sie mich, als sie wieder auf ihren Füßen stand.

„Telleray. Lord Charles Telleray of Newcastle upon Tyne."

„Also Charles. Ich bin Caroline Grove."

„Nun gut, Miss Grove. Ich würde Sie nur ungern aufhalten."

„Ach, das macht nichts! Ich muss mich ja nicht unbedingt so früh wie möglich zum Geschrei vom Küchenbiest zurückkehren."

„Eine Arbeit soll aber auch ordentlich und pünktlich verrichtet werden."

„Soll sie mal zuerst ihre Arbeit machen. Aber dafür ist sich dieser Teufel vom Dienst viel zu fein. Überhaupt, die Leute hier scheinen alle ein paar Rädchen locker zu haben, finden Sie nicht auch, Charles? Besonders die beiden vollkommen geisteskranken Ferrans gehören meiner Meinung nach in die Irrenanstalt. Halten sich wohl für Mafiatypen oder etwas in der Art. Als ob ihnen jemand dieses alberne Gehabe abkaufen würde. Und auch dieser Artus oder wie auch immer der heißt, ist irre. Der rastet aus, das wirst du nicht glauben. Ist bisher mein schlimmster Job überhaupt. Wieso jemand hier freiwillig Urlaub macht, ist das Rätsel des Jahrhunderts. Findest du nicht auch, Charles?"

„Durchaus nicht, Miss Grove, durchaus nicht. Und zudem würde ich es bevorzugen, wenn Sie mich siezen würden. Zusätzlich bin ich der Überzeugung, dass Sie sicher Wichtiges zu tun haben."

„Nee, habe ich nicht. Bestimmt gehe ich Ihnen bloß auf die Nerven mit meinem Gerede. Ich gehe allen furchtbar auf die Nerven, sonst wären alle nicht so sehr davon überzeugt, dass ich was Besseres zu tun hätte. Aber mich stört das nicht, irgendjemanden muss ich schließlich nerven, bist du nicht dieser Meinung?"

„Keinesfalls, Miss Grove. Und niemand fragt Sie nach Ihrer Meinung, und Sie haben auch nichts Wissenswertes mitzuteilen. Es wäre sicher für uns beide von Vorteil, wir würden nicht so lange gemeinsam reden, Miss Grove."

„Könnte ich zwar auch über dich sagen, aber ich will ja nicht unhöflich sein. Ich finde dich trotzdem netter als die meisten anderen Irren hier."

„Vielen Dank, Miss Grove."

„Gern geschehen."

„Das war ironisch gemeint."

„Von meiner Seite nicht. Ich hoffe zwar, dass du irgendwann einmal netter wirst, aber Ehrlichkeit, Höflichkeit und noch Freundlichkeit dazu kann man auf dieser Hölleninsel wohl nicht erwarten. Hoffen wir nur, dass du nicht auch einer der Typen bist, die für ein bisschen Geklatsche und Gejubel jemanden um die Ecke bringen und sich wie kleine Babys aufführen, die sich nach einem Schokoladendiebstahl für Gangster halten. Bis dann. Wir latschen uns sicher sowieso bald über den Weg."

Caroline Grove winkte und lief davon. Ich blieb sprachlos und halb auf dem Rasen stehend zurück. Ihre blonden Locken wippten auf und ab, während sie munter den Weg entlanghüpfte. Sie war eine abscheuliche Nervensäge, aber irgendwie hatte mich ihre Fröhlichkeit ein wenig aufgeheitert. Sie hatte es auf eine unverständliche Art und Weise geschafft, mich von meinen Problemen vollkommen abzulenken und das, obwohl sie teilweise noch abscheulichere Bemerkungen zu sagen pflegte als viele andere.

„Hoffen wir nur, dass du nicht auch einer der Typen bist, die für ein bisschen Geklatsche und Gejubel jemanden um die Ecke bringen ..." Diese Worte hatten mich ein wenig ins Zweifeln gebracht. War ich wirklich so? Gestern noch hatte ich mich dazu entschlossen. Doch war es wirklich richtig? Konnte es nicht vielleicht einen anderen Weg geben? Sicher nicht, das war unmöglich. Ich hatte schon so gut wie verloren. Doch was, wenn ich doch noch etwas ändern konnte?

Bill und Louis tauchten hinter dem Schloss auf und liefen auf die Rückseite der Nebengebäude zu. Ich musste mich entscheiden. Egal, was geschehen würde, es war allein meine Wahl. Konnte ich wirklich wieder einen Menschen einfach sterben lassen, dem ich hätte helfen können? Oder hatte Caroline recht gehabt, was Leute wie Bill, Louis und ihre Freunde anging? Wollte ich wie die Ferrans sein?

Kapitel Dreizehn

Schon seit einiger Weile beobachtete ich Lord Telleray und die Küchengehilfin der Ferrans vor den Hütten. Die beiden schienen ein wirklich interessantes Gespräch zu führen. Wie es irgendjemand nur auf die Reihe bekam, sich länger als zwei Minuten mit ihm zu unterhalten, war ein Wunder. Ich hatte ein wenig das Gefühl, als würde ich sie kennen, doch ich wusste nicht, ob ich ihr jemals begegnet war oder wem sie ähneln konnte. Vielleicht war sie irgendwann einmal in Newcastle verhaftet worden, was auch so gut wie alle meine Bekannten zutraf. Man konnte sich immerhin nicht alle Fälle merken, und meine ehemaligen Freunde würde ich nicht so schnell vergessen.

Dann ging die Frau weg und der Lord blieb alleine stehen. Er wirkte wirklich hektisch, drehte immer wieder den Kopf und rannte erst in eine, dann in die andere Richtung. Beinahe albern wirkt dieses Szenario. Plötzlich kam er auf mich zu. Was war bloß los?

„Sie haben viel zu tun, Arthur Hill. Los, ab an die Arbeit." Normalerweise hätte ich ihn ignoriert, aber es schien mir, als wäre es furchtbar wichtig. Seine Stimme war immer und immer höher zum Ende hin geworden und allgemein schien er nicht alle Sinne beisammen zu haben. Also drehte ich mich vom Fenster weg und ging hinaus.

„Los! Ich verlange, dass Sie sofort das Treppenhaus vom Schloss putzen." War das etwa alles? Verständnislos starrte ich ihn an. Ich hatte wirklich gedacht, es sei nicht solch ein Kinkerlitzchen gewesen.

„Weshalb sollte ich?"

„Weil ich es Ihnen befehle!" Er zog mich grob am Arm hinter ihm zum Schloss her. Noch nie hatte er so entschlossen gewirkt. Doch noch bevor ich lange darüber nachdenken konnte, war hinter mir ein riesiger Tumult zu vernehmen und eine unsichtbare Kraft schleuderte mich zu Boden. Die Welt schien für einen Augenblick in Flammen zu stehen und ich wusste nicht mehr, wo oben und wo unten war. Der Lärm schien einfach nicht aufzuhören, es war, als würde der Weltuntergang damit eingeläutet werden.

Erst nach einiger Zeit traute ich mich, mich aufzusetzen und umzudrehen. Nur wenige Meter hinter mir war alles in Flammen ausgebrochen. Die Luft schien zu brennen und es krachte immer und immer wieder laut. Die Hütten brachen Stück für Stück in sich zusammen, während sich die Flammenmauern höher und höher türmten. Sicher hatten nur wenige Sekunden gefehlt, dann wäre auch ich in Flammen aufgegangen. Lord Telleray, der knapp einen Meter entfernt gelandet war, hatte sich langsam erhoben. Ihm stand der Schrecken ins Gesicht geschrieben. Er wirkte sogar noch schockierter als ich. Und dabei musste er etwas gewusst haben, da war ich mir sicher. Er hatte gewusst, was geschehen würde, wann und wo. Er hatte nicht zufällig gehandelt, wie er gehandelt habe. Ohne es zu wollen, kam in mir ein wenig Misstrauen auf. Er musste mit dem Feind gearbeitet haben, also war er ein Verräter. Und dennoch hatte er mich gerettet, egal, aus welchem Grund auch immer. Ich war ihm wirklich zu Dank verpflichtet.

„Danke", meinte ich noch etwas bedröppelt, als ich aufstand und mir den Staub von den Hosen klopfte. Ich wusste nicht annähernd, was zu tun war. So überfordert war ich nur selten gewesen. Der Lord nickte nur kurz und wandte sich zum Gehen.

Lange Zeit stand ich einfach nur da und betrachtete die Flammen, die sich hoch in den Himmel hinauf schlugen aus einiger Entfernung. Ich war vollkommen in Gedanken versunken. Hätte Lord Telleray bloß nie etwas mitbekommen, dann wäre es jetzt vorbei, spukte es mir durch den Kopf. Wie ich so etwas nur denken konnte, war auch mir unklar. Ich wünschte mir einfach, dass alles vorbei war. Es war einfach zu viel, ich konnte nicht mehr. Ich wünschte mir tatsächlich, dass die Ferrans-Brüder gewinnen würden und ich meine Ruhe hatte. Ich wusste auch nicht, wieso. ich war am Ende. Einfach am Ende. Ein Ausweg war nicht in Sicht und zurück ging es nicht mehr. Und langsam fragte ich mich, ob ich wirklich gegen das kämpfen konnte, wofür mein ganzes Leben stand: Gerechtigkeit, und nicht Selbstjustiz. Die Hütte und damit so gut wie alles, was ich nur besaß, ging in Flammen auf, doch irgendwie auch ein Teil meines Herzens. Ich wusste nicht mehr weiter. Es war, als hätten sich alle Türen geschlossen und es würde sich keine mehr öffnen. Nur noch Hoffnungslosigkeit, wohin ich auch blickte.

Kapitel Vierzehn

Ich hatte alles wirklich satt. Egal, welches Spiel hier auch gespielt wurde, es war albern. Alle taten nett und geheimnisvoll, und dabei ging es jedem nur um sich selbst. Es war, als würden alle hier ein abstruses Mörderspiel nachahmen, wobei ich wusste, dass mindestens zehn der siebzehn Leute Freunde der Ferrans-Brüder waren. Genau konnte man es nicht sagen, da die beiden schon immer grandios darin gewesen waren, Freunde als Feinde abzustempeln und Feinde von dem Nutzen ihrer Freundschaft zu überzeugen. Selten hatte ich in meinem Beruf Verbrecher erlebt, die so skrupellos und für viele doch angeblich so überzeugend waren. Ich wünschte mir, sie hätten nie existiert.

„Arthur?", fragte da jemand. Diese zuckersüße Tonlage gefiel mir ganz und gar nicht. Ich drehte mich um und erblickte Theodor, den Vollpfosten.

„Das ist mein Name, stimmt."

„Würdest du bitte stehenbleiben, damit wir uns unterhalten können?"

„Ich würde es sehr gerne, tue es aber nicht. Bewegung würde Ihnen auch gut tun, Trotteldor Kelling."

„Arthur, wir sind doch gute Freunde."

„Ist hier noch ein Arthur auf der Insel? Was für ein Zufall."

„Sei doch nicht albern! Diese kleinen Problemchen sind doch nichts gewesen. Ich würde mich wirklich gerne mit dir vertragen."

„Erst wenn Sie den Stroh aus Ihrem Hirn gegen brauchbare Gehirnzellen eintauschen. Ich will nicht riskieren, dass grenzenlose Dummheit ansteckend ist."

„Lassen Sie die Scherze. Es ist wichtig." Er packte mich am Arm, doch nur Sekunden später ließ er wieder los, weil ich ihm meine freie Faust ins Gesicht gedonnert hatte. Wütend hielt er sich die Wange. Wenn er mich schon herausforderte, dann musste er schon ein paar Schläge einstecken können.

Plötzlich war es jedoch ich, der verprügelt wurde. Jemand hatte mir einen Tritt in die Kniekehlen verpasst und drückte mir nun die Luftzufuhr ab. Hektisch schlug ich mit einer Hand nach hinten und versuchte mit der anderen den Griff um den Hals zu lösen. Theodor lachte laut. Immer mehr verließ mich die Kraft und ich ließ mich einfach sinken. Das war wohl das Ende. Ich hätte es ahnen müssen.

Dann ertönte ein zweites Lachen. „So, das Problem sind wir auch los." Es war Bill Ferrans.

Kapitel Fünfzehn

Ich kam mit dröhnenden Kopfschmerzen zu mir. Was war nur geschehen? Wo war ich überhaupt? Ich schlug die Augen auf und blickte mich um. Beinahe wäre hätte ich aufgeschrien, denn ich lag auf einem Fell, eine der Pfoten nicht sonderlich weit von mir entfernt. Ganz weit hinten war ein Paar Lackschuhe zu erahnen, doch alles war eher verschwommen, als dass ich viel daraus erfahren konnte. Ich versuchte, mich hochzudrücken, doch ich konnte nicht. All meine Kraft hatte mich verlassen. Ich war am Ende.

„Schon wach, Jammerlappen?" Ein höhnisches Lachen erklang und jemand verpasste mir einen Tritt in den Rücken. Ich probierte abermals, ob ich mich aufrichten konnte, doch ich scheiterte wieder. Wütend kniff ich die Lippen zusammen und versuchte, mir ein halbwegs klares Bild von der Situation zu machen. Jedoch erst nach einiger Zeit fiel mir ein, wo ich war und was geschehen war.

„Hast du dich doch endlich entschieden, vor unseren Füßen um Vergebung zu betteln? So wie du da im Staub liegst, müssen wir das glauben. Du bist wirklich so tief gesunken wie der Dreck unter meinen Füßen, was wir alle wirklich, wirklich traurig finden. Musst du dich denn auch noch so wie nichtiger Schmutz verhalten?" Es war Louis Ferrans, der da sprach. Diese abscheuliche Stimme gab es nicht zweimal. Und noch dazu dieser mitleidige Unterton, den nicht einmal sein widerwärtiger Bruder hatte.

Ich nahm all meine Kraft und Wut zusammen und drückte mich endlich vom Boden auf. Kaum hatte ich mich aufgesetzt, schnappte ich schon nach Luft und die Welt schien sich wieder zu drehen. Es war, als hätte sich wieder eine Hand um meinen Hals gelegt, auch wenn niemand in der Nähe war.

Selten war meine Wut so unfassbar groß gewesen. Ich hätte ihn für jeden einzelnen Buchstaben aus seinem Mund am liebsten zusammengeschlagen, nur dass es jetzt nicht möglich war. Stattdessen kämpfte ich mich Millimeter für Millimeter in die Höhe, nur um für einen Schlag auszuholen, den ich letztendlich nicht tätigen konnte. Der Typ in den schwarzen Lackschuhen, sein Gesicht konnte ich vor Verwirrung nicht wirklich erkennen, hielt mich fest. Ich versuchte, um mich zu schlagen, doch es war unmöglich. Allein mich auf den Beinen zu halten, kostete mich all meine Kraft.

„Sei doch nicht so impulsiv, Arthur. Nur weil du einmal gegen uns verloren hast, heißt es doch nicht gleich, dass wir deine Feinde sind. Im Gegenteil, wir beschützen dich. Immerhin haben wir dich nicht getötet. Wenn wir dich so unbedingt loswerden wollten, hätten wir es doch getan. Und unsere kleinen Scherze wirst du uns wohl nicht übel nehmen, oder? Nein, wir wollen dir doch nur helfen. Dein Feind sind nicht wir, nein. Dein Feind ist Little Charlie, der liebe Lord mit dem düsteren Geheimnis. Wir unterstützen dich nur dabei. Wir werden dir helfen, die Wahrheit zu finden. Du musst uns vertrauen. Glaub mir, wenn wir wollten, dass du stirbst, hätten wir dich sofort getötet. Wir sind auf deiner Seite."

Am Anfang verwirrte mich diese Rede von Louis Ferrans. Was bezweckte er bloß? Was verlangte er wohl von mir für mein Überleben? Egal, was es auch war, ich durfte mich nicht überzeugen lassen. Er hatte niemals die Wahrheit gesagt, vielleicht konnte er es nicht einmal. Ich würde mich nicht überzeugen lassen. Er war mein Feind und das schon seit drei höllischen Jahren. Mir war egal, was er über Lord Telleray oder sonst wen sagte, ich würde ihm niemals glauben. Der größte Fehler eines Polizisten war das große Vertrauen in das Gute im Menschen. Wir waren keine kleinen Kinder mehr, die mit einer Entschuldigung und einem Strauß Blumen alles wieder in beste Ordnung brachten. Das hier war purer Ernst. Ich kannte die Wahrheit und würde nicht auf eine der zahlreichen Lügen hereinfallen. Niemals. Doch welche Wahl hatte ich sonst?

Kapitel Sechszehn

Mit der Zeit begriff ich, worauf diese seltsamen Reden anspielten. Auch wenn Louis Ferrans immer wieder ein und dasselbe mit einer anderen Formulierungen sagte, so lief alles auf ein konkretes Ziel hinaus. Ich sollte ihm vertrauen und den Lord verraten. Wie genau dieser Verrat aussehen sollte und was er überhaupt angestellt hatte, das verriet er mir jedoch nicht sofort. Doch ich würde ihm sowieso nicht glauben. Wenn nicht dieser verdammte Theodor die ganze Zeit hinter mir stehen würde, hätte ich ihm längst eine Tracht Prügel verpasst, die er sein Leben lang nicht vergessen würde. So wartete ich nur auf den richtigen Augenblick.

„Verstehst du jetzt, dass wir eigentlich deine Freunde sind?" Damit schloss Louis Ferrans sein gefühlt ewigwährendes Gerede. Er setzte ein gekünsteltes Lächeln auf und bemühte sich offenbar immens, sich

„Nein, das ist ganz allein Ihre Sichtweise."

„Ach wirklich? Glaubst du mir etwa nicht?"

„Nein. Ich glaube nur Menschen, die wenigstens noch die Hälfte ihres Verstandes beisammen haben."

Sein Lächeln verschwand wieder. Wenn er dieses Spiel ewig spielen wollte, prima. Ich spielte gern mit. „Soll ich dir etwa erzählen, was dein lieber Lord Charles Telleray angestellt hat?"

„Wenn Sie es unbedingt wollen. Ich ändere meine Meinung dennoch nicht."

„Das wirst du schon noch, das wirst du. Eigentlich ist es ganz simpel: Er ist ein Mörder. Erst hat er seine armen lieben Eltern, Grace und Edward umgebracht und dann konnte man ihn nicht mehr beruhigen. Er ist wahnsinnig. Er denkt, wir wären die Schuldigen, und dabei tun wir nur ganz harmlose Dinge. Du hast selbst herausgefunden, dass wenigstens zu Anfangszeiten immer ein Dritter in unserer Gruppe dabei gewesen sein muss. Und das war Little Charlie. Der verrückte Little Charlie, der so harmlos und verängstigt wirkt, dass man ihm nur glauben kann. Er glaubt wirklich an seine Geschichten, aber das war schon immer so. Noch in Universitätszeiten kam er mit Lügenmärchen an, wie der Geist im Keller, der jede Nacht durch die Burg schweben sollte, wenn die Lichter aus waren. Glaub mir, er hat nicht mehr alle Sinne beisammen. Und was die Morde angeht, so hat er einfach immer wieder übertrieben. Ja natürlich, Diebstähle und illegale Verkäufe, das machen wir und geben es auch zu, aber morden? Niemals. Das war alles er. Seine Eltern, als sie seine Geschichten an die Polizei verraten wollten, seine Freunde, als sie ihn nicht mehr unterstützen wollten, und letztendlich auch deine liebe Frau Claire, weil du ihm auf der Spur warst. Wieso hätte er dich sonst in der Burg angenommen, auch wenn du als bekannter Verbrecher giltst? Es waren nur Schuldgefühle, aber jetzt muss er dich loswerden, bevor du mit der Wahrheit zur Polizei gehst. Er will nicht verhaftet werden, deshalb inszeniert er das alles. Glaub mir, er ist hier der Mörder und es ist alles nur seine Schuld. Verstehst du jetzt, wieso du mit uns zusammenarbeiten musst?"

„Nein. Ich glaube Ihnen und Ihrem dreckigen Gefolge kein Wort." Ich wollte ihm immer noch nicht glauben, auch wenn ich an Lord Telleray zu zweifeln begann. Mehrmals hatte mich die Spur nach Burg Telleray in Newcastle geführt. Es ergab wirklich Sinn, was sie mir erzählten. Aber ich durfte ihnen nicht glauben! Sie waren die Schuldigen, das wusste ich genau. Nur klang alles so stimmig, dass es fast zu zufällig auf mich wirkte.

„Wirklich nicht? Theodor, dein Einsatz."

Theodor Kelling hob ein Messer hoch, drehte es vor meinen Augen hin und her und hielt es dann mir vor die Kehle. Ich spürte schon einen Teil der Klinge an der Haut und zuckte unbewusst zusammen.

„Glaubst du uns jetzt?"

„Ja." Ich musste Zeit schinden, bis ich einen Ausweg finden konnte. Hoffentlich fand ich auch einen und verlor mich nicht wie so viele in diesem scheinbar endlosen Lügengeflecht. Sie durften nicht gewinnen. Aber wie es schien, konnte ich es auch nicht.

Kapitel Siebzehn

Ich schluckte. Neben mir standen von rechts Theodor Kelling und von links Louis Ferrans. Beide starrten mich erwartend an. Ich suchte verzweifelt einen Ausweg, aber es gab keinen. Meine Hände zitterten, sodass mir beinahe die Pistole aus der Hand fiel. Am liebsten hätte ich sie schon wieder losgelassen, doch dann hätte Louis sie nur wieder hochgehoben und mir in die Hand gedrückt, sowie das Messer wieder warnend hochgehoben.

Nun kam der Lord den Weg hinunter. Die Pistole war geladen, entsichert und mein Finger lag schon am Abzug. Doch sollte ich sie hochheben und auch wirklich abdrücken? Lord Telleray bemerkte mich und blieb stehen. Seine Augen weiteten sich vor Angst, doch er lief nicht weg.

Ich hob die Pistole in die Höhe.

Kapitel Achtzehn

Arthur hob die Waffe. Ich wusste nicht, was ich tun sollte. Ich wollte rennen, so schnell ich nur konnte, doch ich konnte mich nicht bewegen. Ich stand wie versteinert da und verfolgte mit meinem Blick die Waffe, die immer höher gerichtet wurde. Arthurs Blick war eiskalt.

Neben ihm waren Louis und Theodor, die beinahe hämisch dreinblickten. Es war ihr Plan gewesen, das wusste ich genau. Doch das brachte mir nichts. Ich würde so oder so sterben. Wenn es Arthur nicht tun würde, dann einer der beiden anderen. Ich hatte sie verraten, deshalb verdiente ich den Tod. Dass ausgerechnet Arthur nun die Waffe auf mich richtete, versetzte mir dennoch einen Stich ins Herz.

Nun war die Waffe direkt auf mich gerichtet. Sein Finger lag am Abzug. Doch noch zögerte er. Ich wünschte mir, dass alles schnell vorbei wäre. Ich wollte schreien, rennen, Hauptsache irgendetwas tun, aber ich konnte nicht. Stattdessen wartete ich auf den Schuss. Ich hatte verloren. Niemand konnte gegen die Ferrans-Brüder gewinnen. Hoffentlich war es nur schnell zu Ende.

Arthur betätigte den Abzug. Eine Kugel löste sich aus der Waffe und traf mich. Und danach nichts mehr.

Kapitel Neunzehn

Ich lehnte mich an einem Baum ab. Die letzten Tage waren ein Albtraum gewesen. Seit ich das Festland verlassen hatte, schien alles in einer unendlichen Abwärtsspirale zu versinken. Ich konnte mich nicht mehr wiedererkennen, so sehr hatte ich mich in meinem grenzenlosen Hass verloren. Früher hätte ich mich niemals zu etwas so Leichtsinnigem hinreißen lassen. Ich hoffte nur, dass trotzdem alles irgendwie gut werden würde, so unwahrscheinlich es auch war. Die Ferrans-Brüder hatten noch nie verloren. Zum Glück waren sie dieses Mal auf meine List hereingefallen, ich wusste nicht, was ich sonst hätte tun sollen.

Lord Telleray rührte sich immer noch nicht. Noch hatte er einen Puls, aber dieser war schon viel zu schwach. Hoffentlich überlebte er. Hätte ich nur einen Zentimeter weiter rechts geschossen, so wäre es jetzt schon zu spät. Übelkeit stieg in mir hoch und ich verscheuchte den Gedanken. Es wäre schon nichts passiert. Es war nicht das erste Mal, dass ich schießen musste und bisher hatten alle überlebt. Weshalb sollte es bei ihm anders sein? Ich war immer einer der besten im Schießtraining gewesen. Nicht auszumalen, wenn ich bei einem Einsatz danebengeschossen hätte. Nein, es wäre schon nichts passiert. Dennoch bereitete mir sein Zustand Sorgen.

Ich war schuld daran. Sowohl an dem Schuss, als auch daran, dass er überhaupt hier war. Und dabei war eine der wichtigsten Lektionen, die mir Albert beigebracht hatte, dass man bei einem Einsatz nur sich selbst in Gefahr bringen sollte und wenn möglich nicht einmal das. Albert Garvey, Detective Chief Inspector für über zehn Jahre, musste es schließlich wissen. Jahrelang war er mein bester Freund gewesen und er war der Beste in seinem Metier gewesen. Jedenfalls, bis zu dem Fall mit den Ferrans-Brüdern. Aber das konnte man nicht rückwärts drehen, also bringt es nichts, darüber nachzudenken.

Ich stieß mich wieder vom Baum ab und drehte unruhig meine Kreise. Was sollte ich nur tun? Ich hatte beinahe einen Menschen umgebracht, der mir das Leben gerettet hatte. Ich wollte einfach nur aufgeben, doch erst einmal musste ich mich um Lord Telleray kümmern. Es war eine verzwickte Situation. Bevor ich nicht für Gerechtigkeit gesorgt hatte, konnte ich nicht aufgeben.

Doch was war überhaupt noch Gerechtigkeit? Würde es wirklich etwas bringen, einen oder vielleicht zwei von diesen Ganoven zu erschießen, wenn doch nur wieder ein anderer an deren Stelle treten würde? Konnte ich wirklich alles riskieren, nur für die Genugtuung einer vermeintlichen Gerechtigkeit?

Zum nachträglichen Ärgernis hatte ich auch noch Caroline in die Angelegenheit hineingezogen. Ich wusste zwar nicht, ob ich ihr vertrauen konnte, aber ich musste es wohl. Zimperlich war ich zwar nicht gerade, aber Medizin war nicht gerade meine Stärke. Und da sie sich gleich zur Hilfe angeboten hatte, blieb mir wohl nichts anderes übrig, als ihr alles zu erzählen. Sie war wirklich eine unglaubliche Klatschtante, aber sie kannte sich halbwegs aus. Dennoch zweifelte ich daran, dass es gut war, sie einzuweihen. Das Vertrauensproblem war dabei nicht der wichtigste Punkt, nein, es graute mir, immer und immer mehr Menschen in meine eigenen Pläne hineinzuziehen. Ich war überzeugt, dass man mir abkaufen würde, dass ich verantwortungsvoll war, doch ich bekam es nicht auf die Reihe. Es wäre besser, wenn sich niemand auf mich verlassen würde. Wegen mir war schon Claire tot, Lord Tellerays Überleben stand noch in Frage und wer wusste schon, was noch alles geschehen konnte. Es war besser, wenn ich mich von den Leuten abwandte, denn offenbar brachte ich nur Unheil.

Kapitel Zwanzig

Lord Telleray war aufgewacht. Er hatte es wirklich überlebt. Doch so furchtbar wütend war er wohl nie gewesen. Dass ich ihm einen Eimer Wasser über den Kopf geschüttet hatte, hatte ihn zwar aus seinem Dornröschenschlaf geholt, aber nicht sonderlich zu seiner guten Laune beigetragen. Aber dass er überlebt hatte, war schon ein Wunder. Bei dem Blutverlust war es nicht sehr wahrscheinlich gewesen, was die Tatsache, dass nicht ein einziger Mediziner auf dieser Insel war, noch unwahrscheinlicher machte. Aber wenigstens hatte er es geschafft.

„Heulen Sie nicht so." Mir fiel nichts anderes ein, das ich ihm sagen sollte und das Geschniefe ging mir höllisch auf die Nerven. Er sollte glücklich sein, dass er lebte, nicht traurig.

„Was ich tue, geht Sie nicht im Geringsten etwas an." Diese jämmerliche Stimme konnte ich kaum ertragen. Verdammt, was hätte ich sonst tun sollen? Er sprach es zwar nicht aus, aber der Vorwurf war dennoch klar herauszuhören. Was sollte ich jetzt etwa tun? Mich entschuldigen? Die Zeit zurückdrehen und mich umbringen lassen? Ja, den Vorwurf konnte man erkennen, aber nicht die Alternative. Es wäre vermutlich besser gewesen, ich hätte ihn umgebracht, dann hätte ich ein Problem weniger.

„Da haben Sie Recht. Besser, Sie tun gar nichts, das würde mich noch weniger etwas angehen."

„Das würde ich gerne. Viel hätte nicht gefehlt, dann wäre ich jetzt auch dazu in der Lage gewesen." Nach diesen Worten schluchzte er noch lauter und die Tränen schienen förmlich in Wasserfällen hinunterzulaufen.

„Hätten Sie auch selbst erledigen können. Wenn Sie immer noch keine Lust auf ihr Leben haben, die Waffe liegt einen Meter links von Ihnen." Der Vollidiot streckte sich tatsächlich nach links, nur um es Sekunden später aufzugeben.

„Ich komme nicht heran. Geben Sie mir die Waffe."

„Vergessen Sie es! Hören Sie einfach einmal auf, sich selbst zu bemitleiden! Ja, Sie sind beinahe gestorben, aber Sie leben noch!

Verdammt, wenn ich Sie töten wollte, hätte ich es auch getan! Denken Sie etwa nicht, dass ich auch einen Ausweg gesucht habe? Den gab es aber nicht! Aber wenn ich das nächste Mal vor der Entscheidung stehe, dann lasse ich Sie von den Ferrans abknallen! Ich hoffe nur, wir sehen uns nicht nach kurzer Zeit in der Hölle wieder!"

Eigentlich wollte ich nicht so ausrasten, doch ich konnte es mir nicht verkneifen. Ich hasste es, in der Öffentlichkeit nicht eiskalt und unnahbar zu wirken. Niemanden ging es an, was ich dachte oder fühlte. Langsam liefen auch mir Tränen die Wangen hinunter. Ich hielt es einfach nicht mehr aus! Wie sollte ich auch noch auf andere aufpassen, wenn ich nicht einmal mich selbst unter Kontrolle hatte? Ich durfte keine Schwäche zeigen. Niemals!

„Was sollte dann das alles? Wieso haben Sie plötzlich die Seite gewechselt? Wieso haben Sie mich nicht getötet?"

Kapitel Einundzwanzig

„Was sollte dann das alles? Wieso haben Sie plötzlich die Seite gewechselt? Wieso haben Sie mich nicht getötet?"

„Was sollte Sie das angehen? Sie haben nicht immer alles zu wissen, zu bestimmen oder sonst was! Verflucht, es war einfach eine falsche Entscheidung! Es war eine falsche Entscheidung, überhaupt hierher zu kommen! Einfach alles war eine falsche Entscheidung!"

Ich ließ mich auf den Boden sinken. Ich wusste nicht, was ich sagen sollte, geschweige denn, was ich denken sollte. Was war alles eine falsche Entscheidung? Würde alles, was noch geschehen würde, genauso falsch sein? Gab es dieses richtig und falsch überhaupt noch? Was war nur bloß aus mir geworden, dass ich an allem zweifelte?

„Das heißt, Sie haben aufgegeben." Ich schwieg. Beizeiten hatte ich schon aufgegeben und dennoch weitergekämpft. War es nun endgültig? Konnte ich überhaupt, so unwahrscheinlich es auch war, gewinnen? Hatte ich wirklich alles aufgegeben?

„Ich erwarte eine Antwort", gab Lord Telleray mit weinerlich-trotziger Stimme von sich. Beinahe wie ein kleines Kind benahm er sich. Natürlich, für ihn war es auch einfach, er hatte schon vor Jahren aufgegeben. Er hatte sicher längst anerkannt, dass es sich nicht zu kämpfen lohnte. Wofür ich kämpfte, wusste ich nicht. Gerechtigkeit? Ein Mord konnte keine Gerechtigkeit sein. Rache? War es diese Rache wirklich wert, alles zu riskieren? Nein. Eine Überlebungschance? Doch wofür lohnte es sich für mich noch zu leben? Für nichts.

„Sie haben es nicht als Frage formuliert." Ich wollte nicht antworten. Ich kannte keine Antwort.

„Haben Sie aufgegeben?"

„Wer weiß? Vielleicht, vielleicht auch nicht? Wofür lohnt es sich denn zu kämpfen? Ist das die Antwort, die Sie hören wollten? Ich habe keine bessere. Sagen Sie doch, wofür man nicht aufgeben sollte, wenn es etwas so Wichtiges überhaupt gibt. Ich vergaß, Sie haben doch schon aufgegeben." Ich starrte den Boden an und vergrub meine Hände in der trockenen Walderde. Ich wollte nicht mehr, ich konnte nicht mehr. Sicher hatte er auch keine Antwort.

„Vielleicht dafür, dass sie nicht ewig davon überzeugt sind, dass jeder auf dieser Welt ihrem Wort gehorchen muss? Klingt aber auch nicht äußerst überzeugungskräftig."

„Was sagten Sie da?" Solche geisteskranke Worte hätte ich nicht einmal ihm zugetraut.

„Was meinen Sie?"

„Ich meine diese 'jeder auf der Welt muss ihrem Wort gehorchen'- Zeug."

„Ja, Louis und Bill sind dieser Meinung. Weshalb fragen Sie nach?"

„Das klingt absolut verrückt."

„Es klingt mutig. Nur wer auch hohe Ziele hat, kann Erfolg haben. Geborenen Siegern kann nichts im Weg stehen und Verlierer sind nur dazu da, die Steine aus dem Weg zu räumen."

„Haben Sie sich diesen unfassbaren Unsinn ausgedacht?"

„Nein, Bill und Luis sind dieser Meinung. Haben sie es Ihnen etwa nicht erzählt?"

Verwirrt dachte ich nach. Niemals hatten sie so etwas Verrücktes auch nur angedeutet. Eigentlich war es aber nur logisch, schließlich hatten sie von Beginn an nur Unsinn geredet. Was an ihrem Verhalten nicht hirnlos war, konnte ich nicht sagen. Jetzt verstand ich auch das ganze Ausmaß davon, was sie von mir erwartet hatten. Ich konnte beweisen, dass sie Verbrecher waren und niemand sonst. Lord Telleray war ihr wohl bester Freund, da sie ihm alles erzählten, weshalb er auch eine ungeheure Gefahr darstellte. Mir schien es, als wäre ihr neuer Plan gewesen, dass ich für den Mord an Lord Telleray als schuldig erklärt werden würde. Doch wo keine Leiche, da kein Verbrechen. Jetzt galt es noch mehr, dass der Lord am Leben bleiben musste. Durch sein Wort konnte ich beweisen, was ich alles die Jahre zu beweisen versucht hatte. Vielleicht gab es doch noch einen Grund zu kämpfen.

Kapitel Zweiundzwanzig

Nervös blickte ich um mich. Es war mein erster Tag auf dem hiesigen College in Newcastle. Alle schienen so furchtbar groß und selbstbewusst zu sein. Wäre Mutter bloß mit hineingekommen. Wie sollte ich in solchen Menschenmengen bloß meine Räume finden? Wie sollte ich überhaupt hier drinnen überleben?

Vorsichtig drückte ich mich an der Wand entlang bis zur nächsten Tür. Es war Raum 027. 'Abstellkammer' stand darunter. Wo war nur die Halle? Ich hob meine Lernmaterialien hoch und öffnete den Ordner für Organisatorisches. Ich musste zum Raum 005. Doch wo war er bloß? Wieso konnte nicht alles schön seine Ordnung haben? Wieso gab es hier bloß so viele Ein- und Ausgänge und so furchtbar viele Menschen? Ich wünschte, ich könnte meinen Privatlehrer zurückbekommen. Er war immer so überaus freundlich gewesen und vor allem war er jeden Tag in die Burg gekommen und nicht ich musste dutzende Meilen in die Stadt gefahren werden und noch meinen Raum suchen.

Ich wollte nur noch hinaus rennen, als zwei durchaus größere Jungen gegen mich prallten. Vor Schreck hatte ich beinahe die Bücher fallengelassen. Ich hasste es, wenn Menschen in meiner Nähe waren. Besonders, wenn ich sie nicht kannte.

„Hallo, Kleiner. Bist wohl neu hier, nicht?"

Ich nickte nur zurückhaltend. Hoffentlich würden sie schnell weitergehen.

„Keine Angst, wir sind nicht gefährlich. Wie heißt du denn?"

„Lord Telleray. Lord Charles Telleray of Newcastle Upon Tyne." Mir liefen schon die ersten Tränen aus den Augen vor Furcht. Ich wollte nur noch wegrennen, doch hinter mir war die Wand vor mir standen diese Kolosse von Menschen, die mich mit einem äußerst gefährlich wirkenden Grinsen bedachten.

„Ein Lord? Also so kann dich doch niemand anreden. Albern klingt das doch, stimmt's, Louis?"

Ich fand es eigentlich keineswegs albern, aber es war unhöflich, sich ungefragt in die Unterhaltung Älterer einzumischen.

„Klar. Die anderen werden doch total neidisch bei dem Titel und ein bisschen zu lang ist es auch. Wir nennen wir dich? Charles klingt viel zu typisch. Ich habe eine Idee! Little Charlie. Klingt modern, oder, Bill?"

Weder Louis noch Bill waren mir sympathisch. Im Gegenteil, ich empfand sie als äußerst suspekte Personen, und dass sie mir wohlgesonnen waren, stellte ich auch in Frage. Nicht, dass ich ein störrisches Kind wäre, dass alle Menschen um einen herum verurteilte, doch solch ein Verhalten wie das der beiden war mir nie untergekommen. Ich entschloss, dass ich keine Gleichaltrigen mochte, so sehr Vater auch davon schwärmte. Es hatte mir in den zwei Jahren in der Schule nicht gefallen, wobei noch alle anderen viel jünger als ich waren und mich auch ordnungsgemäß mit Lord angeredet hatten, obwohl sie mich nicht ausstehen konnten, und jetzt auch nicht. Ich war eben ein Mensch, der seinen Intellekt mehr zu pflegen wusste als seine sozialen Kontakte, wie meine Lehrerin in dem ersten Schuljahr es genannt hatte. Aber wie sollte ich auch Menschen mögen, die vom ersten Augenblick an etwas an mir auszusetzen hatten, jedoch nicht einmal eine situationsgeeignete Wortwahl beherrschten?

„Ja! Du bist also jetzt Little Charlie. Und jetzt, komm mit. Wir bringen dich in die Aula. Glaub uns, wenn die anderen sehen, dass du so tolle Freunde hast, werden sie dich bewundern."

Und auch wenn ich es in diesem Moment nicht glauben konnte, so hatte ich neue Freunde gefunden, die ich für mehr als zwei Jahrzehnte nicht für einen Tag vergessen würde.

Kapitel Dreiundzwanzig

Vorsichtig liefen wir an der Wand entlang. Ich atmete sehr flach, damit niemand mitbekam, dass wir hier waren. Auch Louis und Bill gaben ihr Bestes, unentdeckt zu bleiben. Ich wusste zwar noch nicht, was wir hier sollten, aber sicher würden sie es mir sagen. Dennoch hatte ich ein flaues Gefühl, was den Einbruch anging. Die beiden hatten zwar gemeint, wenn die Tür offen stünde, dürfe man hinein, aber ich glaubte es nicht so recht. Es wäre nicht das erste Mal gewesen, dass sie mir irgendwelche Lügen berichteten.

Dann blieben wir stehen. „Was machen wir hier?", fragte ich flüsternd.

„Wir haben uns etwas für dich überlegt. Du weißt doch, wir sind die modernsten und talentiertesten Typen des ganzen Colleges und haben uns schon tausendmal bewiesen. Aber wir wissen nicht, ob du genauso mutig bist, wie wir es sind. Natürlich, so bist ein furchtbar intelligenter Junge, aber ernsthaft, du kannst nicht ewig ein Baby bleiben. Also wollen wir schauen, ob du auch erwachsen sein kannst."

Ich schluckte und ein kalter Schauer lief mir den Rücken hinunter. Ich wollte nachhause! Ich wollte nicht nachts auf einem fremden Grundstück herumlaufen! Doch ich konnte Bill und Louis nicht enttäuschen. Sie zählten auch mich.

„Was soll ich tun?"

„Wir öffnen dir ein Fenster und du gehst rein. Du weißt, wir waren am Samstag hier, weil Derek Genter Geburtstag gefeiert hatte. Da haben wir uns schon ein wenig umgesehen. Du solltest durch dieses Fenster in die Küche kommen, genau gegenüber liegt das Arbeitszimmer von Mister Genter. Du musst nur durch die Küche und den Flur ins Arbeitszimmer und dort nimmst du den Tresor und kommst zurück."

„Muss ich?"

„Ja", antworten sie gemeinsam und hoben mich in die Höhe. Unsanft knallte ich auch der anderen Seite auf einen Küchentisch. Hoffentlich hatte mich nur niemand gehört! Mutter und Vater wären furchtbar wütend, wenn sie erführen, dass ich mich zu einer Straftat hatte verleiten lassen!

So lief ich leise den Weg bis ins Arbeitszimmer. Ich schaltete das Licht an, weil ich kaum etwas erkennen konnte und suchte nach dem Tresor. Erst nach einiger Zeit hatte ich ihn gefunden und steckte ihn die Tasche, die ich über der Schulter trug. Als ich mich umdrehte, stand jedoch Derek vor mir. Vor Schreck hätte ich beinahe den Tresor fallengelassen, doch ich riss mich zusammen. 'Auf der Welt gibt es Gewinner und Verlierer. Du darfst niemals Schwäche zeigen, sonst bist du ein Verlierer. Gewinner erreichen alles, was sie wollen und es gibt nichts, dass du für den Sieg nicht tun solltest. Du hast eine Wahl, aber jede Sekunde als Gewinner ist mehr wert als ein ganzes jämmerliches Leben als Verlierer, merke dir das.' Diese Worte hatten sie mir mehrmals eingeprägt. Ich konnte ein Gewinner sein. Ich musste ein Gewinner sein. Es gab nichts, dass ich für einen Sieg nicht tun würde.

„Was willst du hier, du dreckiger Mistkerl?", fragte ich abfällig.

Er setzte zu einem Hilfeschrei an, doch ich zögerte nicht lange. Brutal schlug ich ihm meine Handfläche vor den Mund und hielt ihn mit der anderen Hand an den Haaren fest, wie es mir Bill und Louis beigebracht hatten. 'Wer sich dir in den Weg stellt, verdient nur Schläge. Nur durch Gewalt lernen die Menschen, wo ihr Platz ist, nämlich unter unser aller Füßen.'

„Wehe du schreist oder sagst deinen Eltern was, du Fußabtreter. Dann hole ich Bill und Louis und du kannst deine Knochen von hier bis an die Küste aufsammeln. Hast du mich verstanden?" Ich riss ihn brutal an den Haaren zur Seiten und ließ seinen Mund für einen Augenblick los. Angst spiegelte sich in seinen Augen wieder. Am liebsten wäre ich nicht so gemein zu ihm gewesen, doch ich musste es sein. Ich musste ihnen zeigen, dass ich kein kleines Kind mehr war!

Derek nickte und ich lief in die Küche, von wo ich durch das Fenster auf den Hof sprang. Bill und Louis waren furchtbar stolz auf mich. Später erfuhr ich, dass sie so etwas noch nie gemacht hatten, sondern nur probieren wollten, ob es klappte. Ich war ihnen dennoch nicht böse, immerhin hatte ich von ihnen fürs Leben gelernt, so sehr ich manche Lektionen noch bereuen würde. Besonders die Bedeutung von 'Gewinner erreichen alles, was sie wollen, und es gibt nichts, das du für einen Sieg nicht tun solltest.' war mir lange nicht so deutlich gewesen.

Der Diebstahl des Tresors mit unbeschreiblichen fünftausend Pfund war offiziell nie geklärt wurden. Wir hatten gewonnen. Wir hatten alles gewonnen, immer und überall. Solange, bis es kein 'Wir' mehr gab, sondern nur sie und ich. Bis ich wieder ein Verlierer wurde.

Kapitel Vierundzwanzig

Der nächste Tag verging beinahe im Fluge. Er war ruhig gewesen. Zu ruhig. Ich traute dem plötzlichen Frieden nicht. Vielleicht war ich nur misstrauisch, aber diese Freundlichkeit war zu viel.

Mehrmals hatte ich bemerkt, wie mir jemand gefolgt hatte. Natürlich, ich war sie schnell losgeworden, dennoch hatte ich Angst, dass mein doppeltes Spiel auffallen würde. Die Insel hatte ich auf den Spaziergängen, die ich wegen meiner Verfolger machen musste, immerhin gut kennengelernt. Sie streckte sich über mehrere Meilen und an der Westküste war sogar der Hafen zu erkennen, wenn es gerade nicht regnete. Der Wald jedoch war viel interessanter als die Westküste, die meiner Meinung nach zu nah am Hauptgebäude lag. Mindestens dreißig Meilen war die Ostküste lang und an manchen Stellen sogar bis zum Ufer mit Bäumen und Büschen verwachsen.

Ich hatte Lord Telleray zur Sicherheit ein Stück weiter in den Wald gebracht, da Caroline ihre Verfolger nicht so gut abhängen konnte, und, bis ich es ihr sagte, sie nicht einmal bemerkte. Sie war wirklich nervig und manchmal konnte einen ihre Schusseligkeit in den Wahnsinn treiben, doch im Grunde wirkte sie auf mich wie ein guter Mensch. Immer noch fragte ich mich, an wen sie mich erinnerte. Sie hatte etwas Besonderes an sich, das mir nur allzu bekannt vorkam, doch ich wusste nicht, was. Mittlerweile war ich auch davon überzeugt, dass sie keine Verräterin werden konnte, jedenfalls nicht absichtlich.

Ich scheuchte die Gedanken davon und drückte mich vom Baum ab. Hoffentlich war Caroline gleich fertig, dann konnte ich den weiteren Plan besprechen. Gerade wechselte sie den Verband, doch es dauerte auffallend lange. Ich hatte ein ungutes Gefühl, da der Lord zwar wieder seine üble Laune beiseite gelegt hatte, aber irgendwie weggetreten gewirkt hatte, als ich das letzte Mal mit ihm gesprochen hatte. Ungeduldig warf ich einen Blick auf die Verletzung und mir stieg mein Mittagessen hoch. Ich wusste zwar nicht, wie es aussehen sollte, aber sicher nicht so.

Nachdem sie mit dem Verband fertig war, kam Caroline zu mir herüber. Ihr Gesicht war ernst, das stetige Grinsen war verschwunden. „Ist es schlimm?"

„Nun, ich bin nicht gerade ein Arzt, aber gut ist es nicht. Scheint so, als hätte sich irgendetwas entzündet. Ich weiß ja auch nicht, was ich falsch gemacht habe." Tränen traten ihr in die Augen. Sie wirkte wirklich verzweifelt. Und dabei war es meine Schuld. Meine eigene verdammte Schuld! Ich hätte anders handeln sollen! Anders handeln müssen! Es gab viel, das ich hätte tun müssen, doch stattdessen hatte ich immer nach der bequemsten Lösung gesucht.

Gerechtigkeit, als ob es so etwas gäbe. Rache war das, wonach auf dieser Reise gestrebt hatte, nicht Gerechtigkeit. Was war schon gerecht? Nichts. Rein gar nichts. Rache war alles auf der Welt, das zählte. Verdammte Rache. Was machte schon so ein ausgelöschtes Menschenleben von jemandem aus, der nur Schlechtes in seinem Leben erreicht hatte? Nichts. Sie verdienten ihr Leben nicht.

Kapitel Fünfundzwanzig

Ich rannte. Ich wusste nicht wohin, aber ich rannte. Alles war besser, als stehenzubleiben und sich wieder in denselben Gedanken zu verheddern. Also lief ich, als ginge es um mein Leben. Ich wollte fort. Fort von diesem Ort, fort von mir selbst. Fort von allem, was um mich herum war. Fort von all den schlechten Entscheidungen und hoffnungslosen Momenten. Fort.

Zweige und Blätter peitschten mir ins Gesicht, doch ich konnte und wollte nicht aufhören. Ich wusste, dass ich ewig im Kreis rennen konnte, ohne diese Insel jemals zu verlassen, doch es war mir egal. Mir war alles egal. Sollten sich doch andere um die Probleme kümmern, denn ich hatte es satt. Ich war nicht für alles zuständig. Es war mir egal, was aus den anderen wurde. Es war mir egal, was alles geschehen würde. Mir war alles egal, jedenfalls versuchte ich mich davon zu überzeugen.

Der Matschboden und meinen Füßen hemmte mein Tempo und die Meeresbrise, die beinahe schon ein Sturm war übertönte mein laut hämmerndes Herz. Ich wollte nur noch schreien, um mich schlagen und diese ganzen nutzlosen und verwirrenden Gedankengänge loswerden. Ich hasste die gesamte Welt. Ich hasste alle Menschen, mich mit einbegriffen. Ich hasste das Gefühl, das mein Schicksal nicht mehr in meiner Hand lag. Ich hasste es, mich irgendwie selbst verloren zu haben. Ich hasste das Gefühl, alles kontrollieren zu müssen und dennoch nichts unter Kontrolle zu haben.

Der Sand wirbelte in die Höhe und unter meinen Füßen zerbrachen Muscheln. Verdammt, warum war alles nur so hoffnungslos? Wieso fand ich einfach keinen Ausweg? Was war nur geschehen mit dieser Welt? Ich wusste nicht weiter. Ich wusste einfach nicht mehr weiter; alles schien so hoffnungslos.

Ein letztes Mal wirbelte der Sand hoch und dann blieb ich stehen. Mein Herz raste und mein gesamter Körper hatte sich verkrampft. Tränen liefen mir die Wangen hinunter. Alles wirkte so hoffnungslos und ich konnte nicht anders, als immer wieder daran zu denken, dass ich etwas tun musste, aber nicht konnte.

Ich richtete meinen Blick in die Ferne. Am Horizont war nur Wasser zu sehen, doch irgendwo sollte wieder Festland sein. So weit weg wie die Hoffnung in diesem Moment. Ich seufzte.

Claire hatte immer gesagt, dass immer alles wieder gut werde, wenn es auch dann nicht unbedingt perfekt sei. Es war einer der Sprüche, den sie ganz besonders oft nannte. Sie war ein wirklich optimistischer und lebensfroher Mensch gewesen, ohne sich in eine Traumrealität abzuheben. Zu selten dachte ich an sie. Zum Einen, weil sie sicher nicht meiner Meinung gewesen wäre und zum Anderen, weil allein der Gedanke an sie wehtat und ich sie immer wieder verschwinden sah. Immer wenn mir etwas einfiel, das auf sie zurückzuführen war, war mir, als würde ich sie wieder verlieren. Mit der Zeit hatte ich angefangen, immer mehr von mir fort zu schieben, was mich an sie erinnerte. Ich liebte sie noch immer, doch immer war diese Liebe mit dem Schmerz verbunden. Nur die Chance, dass die Wahrheit über ihren Tod ans Licht kommen würde, hatte mich über all die Jahre am Leben gehalten. Nur wegen ihr hatte ich so lange ein Leben gelebt, dass ich abgrundtief hasste und aus dem es keinen Ausweg zu geben schien. Ich wünschte mir, sie wäre nie fortgegangen. Ich wünschte es mir jeden Tag, jede Stunde, tief in meinem Herzen, doch sie kam nicht zurück; sie würde niemals mehr zurückkommen.

Gerade wandte ich mich zum Gehen, als ich jemanden zwischen den Bäumen einige Meter weiter bemerkte. Ich blieb ruckartig stehen und beobachte die Person. Wer war es bloß?

Kapitel Sechsundzwanzig

Ein Fremder trat aus dem Wald heraus. Augenblicklich ging ich einen Schritt zurück und griff in meine Jackentasche. Mit einem schnellen Ruck zog ich mein Messer heraus. Sicher war sicher.

Der komische Kauz kam noch einen Schritt auf mich zu. Er sah wirklich absurd aus; seine Hose war komplett zerlöchert und der Mantel hatte mehr Zweige und Blätter an sich als ein ganzer Baum. Ich hatte ihn noch nie gesehen, doch wirklich vertrauenswürdig wirkte er nicht. Vor allem, weil man vor lauter Haaren nicht einmal sein Gesicht sehen konnte. Ein Mann mit so langen Haaren, das war einfach unschicklich. Alles in allem jedoch wirkte er nicht wie einer von Ferrans Freunden, viel zu primitiv war sein Erscheinungsbild.

„Wer sind Sie?", fragte ich, das Messer auf ihn richtend.

Er antwortete nicht. Er trat immer näher, gab jedoch kein Wort von sich. „Los! Wenn Sie nicht reden, dann steche ich zu. Das ist mein Ernst. Und Sie wollen sicher kein Messer in der Kehle stecken haben, da bin ich sicher." Ich wusste nicht, ob ich diese Worte tatsächlich durchsetzen konnte, aber ich gab mir wirklich Mühe, so überzeugend wie nur möglich zu sein. Es war nicht meine Gabe, anderen Leuten Angst einzujagen, meistens war es auch eher peinlich, als angsteinflößend, aber ich versuchte es.

„Als ob sie mit dem winzigen Messerchen mir Angst einjagen könnten. Sagen Sie erst einmal, wer Sie sind."

Verdammt. Wieso hielten mich nur alle für so harmlos? „Ich wiederhole mich nicht gerne. Ihren Namen habe ich verlangt."

„Ich wiederhole mich auch nicht gerne, dann sind wir immerhin schon zwei. Und? Oder wollen Sie erst einmal dieses lächerliche Kinderspielzeug weglegen?" Er lachte rau. Seine Stimme war um einiges tiefer als meine, wobei ich bei Wut immer ein wenig zu hoch rede. Am liebsten hätte ich ihm eine gescheuert für dieses aufmüpfige Verhalten, aber wenn er schon nicht auf das Messer reagierte, dann würde ihn das sicher auch nicht sonderlich stören.

„Ich zähle bis drei."

„Also gut. Aber nicht, weil Sie so gefährlich tun mit ihrer Größe von sicher nicht einmal sechs Fuß, sondern weil ich nicht ewig Zeit habe." Er machte eine Pause. Ich war stinksauer. Ich war durchaus nicht klein mit meinen Einsfünfundsiebzig, auch wenn er einen Kopf größer war.

„Jason Quellington. Doktor Doktor Jason Quellington. Und Sie?"

„Arthur Hill", antwortete ich mit einem knurrenden Unterton. Ich war vermutlich nicht annähernd bewusst, was für einen überheblichen Eindruck er machte.

„Arthur Hill ... Wo habe ich diesen Namen schon gehört? Ach ja, Sie waren der verrückte Polizist, der sich mit den Ferrans anlegen wollte!"

Nur Sekunden später war meine Faust in seinem Gesicht gelandet. Mich nannte niemand verrückt!

„Ach seien Sie doch nicht so kleinig. Den Versuch war es sicher wert gewesen." Er blickte mich mitleidig an und in mir kochte die Wut hoch. Leider schien ihn mein Schlag so gut wie gar nicht gestört zu haben. Wenn man sich so strecken muss, wie soll man da auch richtig zuschlagen?

„Halten Sie Ihre verdammte Fresse."

„Das ist aber nicht sehr vornehm, Kleiner. Du solltest etwas bedachter sein. Ich kenne mich mit Leichen von Beruf aus gut aus, und weiß, welche Verletzungen Ihr Leben schnell beenden. Mich sollte man nicht unterschätzen. Und vielleicht würde es Sie interessieren, dass ich Bill und Louis genauso wenig mag wie Sie."

Wieso konnte man mir nur alles vom Gesicht ablesen? und wieso verstand er nicht, dass ich ihm eindeutig mit meiner Mimik sagte, dass ich sein Gesicht am liebsten im Sand gesehen hätte? doch dann riss ich mich zusammen. Er war Doktor und wenn er wirklich gegen die Ferrans war ... Ich musste es einfach riskieren und es irgendwie schaffen, mein vorlautes Mundwerk zu halten. Vielleicht war er die letzte Chance für Lord Telleray. Ich hatte keine Wahl.

Kapitel Siebenundzwanzig

Ich hatte diesen seltsamen Doktor Quellington ins Versteck geführt. Ich misstraute ihm zwar und Beschimpfungen flogen nur so durch den Wald in jeder einzelnen Minute, die ich mit ihm verbringen musste. Doch er schien etwas von seinem Handwerk zu verstehen, denn trotz seiner ruppigen Art war Lord Telleray noch am Leben. Wenn dieser Typ aber auch nur einen einzigen Fehler machte, würde ich ihn an den nächsten Baum hängen, das stand fest.

Ungeduldig lief ich von einer Seite zur anderen, als ich auf Caroline stieß. Immer noch wurde ich dieses Gefühl nicht los, dass ich sie kannte.

„Sie sind sauer auf mich, nicht? Tut mir wirklich leid." Tränen traten ihr aus den Augenwinkeln.

„Nein, es ist nicht Ihre Schuld, Miss. Und es wird schon alles irgendwie gut werden."

Sie nickte und wischte die Tränen ab. „Alles wird wieder gut, wenn auch nicht unbedingt perfekt."

Etwas an diesem Satz machte mich stutzig. Das kannte ich irgendwoher. Ich dachte angestrengt nach, als mir einfiel, woher. Claire hatte diesen Spruch geliebt. Auch die Stimme war der ihren sehr ähnlich. Wie hieß sie noch einmal? Caroline Grove. Nein, der Nachname war mir komplett unbekannt. Ich ging im Kopf Claires Stammbaum durch. Caroline, ja die gab es wirklich. Eine ihrer Cousinen hieß so. Wann hatte ich sie wohl das letzte Mal gesehen? Vor fünfzehn Jahren. Konnte sie es wirklich sein?

„Entschuldigen Sie bitte, sind Sie Caroline Doores, Cousine von Claire, ebenfalls ehemalige Doores?"

„Ja ..." Sie runzelte die Stirn.

„Arthur Hill. Claires Ehemann."

„Ah! Dachte ich schon gleich, dass ich dich irgendwoher kenne, Artus! Freut mich echt, dich wiederzusehen!" Sie lächelte breit und nahm mich in den Arm, was mich ein wenig überrumpelte. Lange

Zeit war ich diese Überschwänglichkeit nicht mehr gewohnt gewesen. Und auch wenn sie meinen Namen nicht auf die Reihe bekam, so einfach er auch sein mochte, ich ließ mich davon nicht stören.

„Wie geht es Claire?"

Sofort ohrfeigte ich mich innerlich, überhaupt jemals mit ihr geredet zu haben. Sie wusste es nicht. Verdammt, wie sollte ich es ihr nur erklären? Die Freude darüber, eine Familienangehörige meiner lieben Claire getroffen zu haben, verschwand augenblicklich. Tränen rannen mir die Wangen hinunter. Und dabei hatte ich gedacht, alles würde gut werden. Wieso musste ich nur immer wieder daran erinnert werden? Wieso?

„Nein", flüsterte Caroline entsetzt. Und dabei sollte doch alles gut werden.

Kapitel Achtundzwanzig

Lord Telleray hatte sich wieder erholt, doch dieser Quellington hatte ein Gespür dafür, Menschen in die Weißglut zu treiben. Von gemeinen Bemerkungen über richtige Beleidigungen bis hin zu diesem ewigen lächerlich Machen über alles Mögliche – sein Sortiment war sehr weiträumig. Und neuerdings hatte er noch diesen anderen Typen mitgebracht, diesen Jells. Wer von den beiden egozentrischer war, konnte ich nicht einmal sagen, nur schienen sie sich blendend zu verstehen.

Dieser schleimige Professor Jells konnte wirklich alles so drehen, dass er immer auf der gewinnenden Seite stand, auch wenn er vorher vollkommen anderer Meinung gewesen war. Ich wusste nicht, ob es persönliche Abneigung oder berufliche Intuition war, dass ich ihn nicht mochte, doch ich hatte das ungute Gefühl, dass er für seinen eigenen Vorteil alles tun würde, sogar noch mehr als Quellington.

Gerade war Jells verschwunden. Es war nicht der erste seiner Spaziergänge, seit er vor einem Tag von Quellington irgendwo im Wald gefunden und mitgebracht wurde. Mich beschlich der Verdacht, dass er doch nicht so harmlos war, wie er mit seinem Lispeln und dem ja-sagenden Verhalten schien. Dieses Mal konnte ich ihn leider nicht so wie immer irgendwo abfangen.

Plötzlich nahm ich Stimmen neben mir war. Eine der beiden konnte ich klar heraushören. Theodor Kelling. Ich duckte mich und warf einen kurzen Blick auf die andere Person, die nur wenige Meter hinter mir standen. Es war Jells, der Verräter.

Kapitel Neunundzwanzig

Ich blieb geduckt und beobachtete die beiden. Kelling sprach laut und deutlich, sodass ich jedes einzelne Wort mitbekam, doch Jells schien wirklich ein Sprachproblem zu haben. Immer wieder verstand ich hier und da ein Wort oder einen ganzen Satz nicht. Näher konnte ich aber nicht heran, sonst hätten sie mich entdeckt.

„Und du bist dir vollkommen sicher, dass dieser Mistkerl noch am Leben ist?"

„Aber ja. Doch ... „

„Verflucht. Dieser Bulle ist tatsächlich raffinierter als gedacht. Doch mit dir hat er wohl nicht gerechnet." Theodor Kelling lachte laut auf.

„Ja. Zum Glück wird ... uns helfen. So ..."

„Hast du mit ihr gesprochen?" Ihr? Wer war sie nur? Hoffentlich nur nicht Caroline. Nein, das war unmöglich. Sicher war es jemand anderes, von dem ich noch nichts wusste.

„Sie wird ... , ... sehr zuverlässig." Wer war sie nur? Was würde sie tun? Was hatte er getan? War Quellington auch ein Verräter? Fragen über Fragen. Ich wusste nicht mehr, wem ich hier vertrauen konnte.

„Da glaube ich dir. Du hast dich bewiesen. Bill und Louis sind sehr stolz auf dich."

„Danke. Wenn ich was für euch tun kann, ..."

„Da hätten wir noch etwas. Du weißt, wir können nicht überall gleichzeitig sein. Aber da du uns gezeigt hast, dass auf dich Verlass ist, kannst du uns gerne wieder nützlich sein. Denk immer daran, es ist zu deinem eigenen Besten mit den Ferrans befreundet zu sein."

„Ja, klar. Also ich ..." Danach bekam ich nichts mehr mit. Sie gingen weiter und ich kehrte ins Versteck zurück. Ich wusste nicht, was zu tun war. Nur Fragen über Fragen und keine einzige Antwort mehr.

Kapitel Dreißig

Ich trug die alleinige Verantwortung, also musste ich dafür sorgen, dass alles gut ausging. Ich musste es einfach schaffen. Ich musste.

Nervös drehte ich die Waffe in meiner Hand. Ich hatte schon tausende Male geschossen und sicherlich würde ich mein Ziel nicht verfehlen. Schießen konnte man nicht verlernen. Ich ließ die Waffe wieder sinken. Ja, schießen war einfach, doch würde wirklich nichts schiefgehen? Natürlich, ich hatte mehrere Male auf Menschen geschossen und tatsächlich auch dutzende Male getroffen, doch niemals in der Absicht, jemanden zu töten. Es war niemals ein Schuss aus Hass oder Rache gewesen, sondern weil es meine Pflicht war. Doch dieses Mal hatte ich eine Wahl. Und dennoch hatte ich keine. Es war keine Entscheidung, die Ferrans zu töten, ich musste es tun. Ich musste.

Sand wehte mir ins Gesicht und meine Hände zitterten vor Wut. Ich hasste sie. Ich hasste diese beiden Brüder, so sehr ich nur konnte. Ich hatte schon auf Menschen geschossen, die ich nicht gehasst hatte, nicht gekannt hatte und vielen noch nicht einmal vorher begegnet war. Was konnte daran nur schwer sein? Zwei Schüsse, dann wären sie tot. Es war so einfach. Zu einfach. Ich musste sie töten. Ich musste.

Langsam hob ich die Waffe und streckte meinen Arm aus. Ich suchte nach etwas, auf das ich schießen konnte. Vor mir lagen nur der Sandstrand und der Horizont, also drehte ich mich um. Nur wenige Meter entfernt standen Bäume. Diese undefinierbaren Gebilde waren noch viel zu nah, um wirklich üben zu können. Ich suchte mit meinen Augen die Gegend nach einer idealen Zielscheibe ab. Zwischen den Bäumen entdeckte ich eine kleine Lichtung mit einem heruntergefallenen Ast. Ja, das war perfekt. Ich zielte genau und drückte ab. Ich musste getroffen haben. Ich musste.

Ich ließ die Waffe wieder sinken und lief auf den Ast zu, den ich treffen wollte. Wie weit war er wohl von mir entfernt gewesen? Fünfzig Fuß? Jetzt musste ich nur noch herausfinden, ob ich auch getroffen hatte. Kaum angekommen, ließ ich mich in die Hocke sinken. Die Kugel steckte noch in der morschen Rinde. Kein so schlechter Schuss. Ich würde treffen können. Ich würde sie erschießen können. Ich musste sie erschießen. Ich musste.

Energisch richtete ich mich wieder auf. Die Ferrans konnten einfach nicht davonkommen. Sie hatten so oft gewonnen, doch dieses Mal ging es nicht. Sie hatten gegen so viele gewonnen, doch gegen mich würden sie verlieren. Meinetwegen konnten alle auf ihrer Seite und gegen mich sein, das war mir egal. Meinetwegen konnte die ganze Welt gegen mich sein, doch ich würde nicht aufgeben. Ich hatte mir geschworen, sie zu ermorden und ich würde es tun. Sie würden nicht mit Mord davonkommen. Was mit mir dann geschehen würde, war egal. Ich musste beide töten, nur das. Ich musste.

Wütend fokussierte ich mich auf diesen einen Gedanken. Ich konnte mir keine Zweifel erlauben. Dieses Mal durfte es keine Zweifel geben, keine Verzögerungen oder gar Gewissensbisse. Sie würden nicht zögern, da war ich mir sicher. Ich hatte keine Wahl, auch wenn es oberflächlich betrachtet so schien. Es war der einzige Ausweg aus allem, da war ich mir sicher. Ich musste schießen. Ich musste treffen. Ich musste.

Alles hing nun von mir ab. Ich konnte niemandem vertrauen. Caroline, so lieb und nett sie auch schien, konnte genauso gut ein Verräter sein wie Mister Jells. Er hatte nicht umsonst von einer Sie gesprochen. Ich konnte sie schützen, aber ich konnte ihr nicht vertrauen. Quellington war auch nicht gerade zuverlässig. Er war zwar kein dummer Mensch, dennoch würde er jederzeit zu der Person überlaufen, die ihm in diesem Moment die besten Chancen bot. Er würde es sogar zugeben, da war ich mir sicher. Man konnte mit ihm zwar Geschäfte machen, aber kein Vertrauen in ihn investieren. Niemals. Lord Telleray war auch nicht der zuverlässigste Mensch auf Erden, ob er es nun mit Absicht war oder nicht. Er konnte jederzeit vor Angst flüchten oder sich ergeben. Er war niemand, der bis zum letzten Blutstropfen kämpfen würde. Er wusste, was Angst war, aber nicht, was Rache war. Wenn man ihm eine Aufgabe übergab, konnte man diese Aufgabe auch gleich zehnmal erledigen und parallel dazu einen durchgedrehten Lord beruhigen, der sich wieder wie ein Kleinkind benahm. Nein, ich war allein. Ich konnte es allein schaffen. Ich musste es allein schaffen. Ich musste. Musste ich?

Kapitel Einunddreißig

Ich drückte meinen Rücken durch und hob den Kopf hoch. Meine Haltung musste perfekt sein an diesem besonderen Tag. Nervös blickte ich auf die Uhr. Es war fünf vor acht, ein vernünftiger Mensch wäre jetzt schon hier gewesen. Ungeduldig trommelte ich mit den Fingern auf den Tisch, bevor ich mich daran erinnerte, dass ich möglichst ideal wirken sollte. Ich hatte nicht umsonst die jahrelange Polizeischule absolviert, um dann als Detective abgewiesen zu werden. Immerhin war ich derjenige, der früher da war, was man nur positiv beurteilen konnte.

Die Tür öffnete sich und ein Mann trat herein. Er konnte keine zwei Jahrzehnte älter als ich sein, da war ich mir sicher. Der oberste Knopf war offen, die Krawatte war verrutscht und er atmete schwer. Wie konnte so ein Mensch Polizist sein und wenn er es nicht war, was tat er dann bloß hier? Mein erster Eindruck von ihm hätte nicht schlechter sein können. Er war hässlich, das musste selbst ich, der nicht so viel Wert auf Schönheit legte, zugeben. Außerdem war er unordentlich, undiszipliniert und das Gegenteil von einem Menschen, dem man die Sicherheit anderer Leute anvertrauen konnte.

„Sind Sie Detective Sergeant Garvey?", fragte ich misstrauisch. Wie konnte man mir sagen, dass er der Beste in Newcastle sei? Ich traute ihm nicht einmal zu, sich seine Schnürsenkel binden zu können. Prüfend blickte ich doch noch auf seine Schuhe, man wusste schließlich nie. Die Schleife, wenn man es denn als eine bezeichnen könnte, war schlichtweg grauenhaft und würde sich in wenigen Minuten lösen. Nein, ich hatte mich sicher an der Tür geirrt.

Als ich schon im Begriff war aufzustehen, antwortete er doch. „Natürlich. Und Sie sind Arthur Hill, nicht wahr?"

Schrecklich. Einfach nur schrecklich. Er konnte es nicht sein. „Ja, der bin ich. Man teilte mir mit, die Stelle als Detective wäre frei, weshalb ich mich hier beworben habe."

„Das zu erwähnen, ist vollkommen überflüssig. Immerhin sind Sie jetzt hier, nicht wahr?" Der Mann setzte sich hin und lehnte sich herausfordernd zurück. Was wagte er bloß, mich so zu provozieren? Ich war pünktlich erschienen, ich war ordentlich gewesen, ich war höflich gewesen - im kompletten Gegenteil zu ihm.

„Ja."

„Ja, was?" Ich wusste genau, was er erwartete. Dass ich reumütig dasaß und ihn mit Sir ansprach und mich von ihm kommandieren ließ, konnte er aber vergessen.

„Ja, natürlich." Meine Stimme wechselte dabei zu einem zuckersüßen Tonfall, nur um ihn besser ärgern zu können. Vielleicht sollte ich mich nicht so schnell zu solchen kleinen Späßen hinreißen lassen, aber dafür war es jedes Mal einfach zu lustig. Zudem konnte ich nicht übermäßig nett sein zu einem Menschen, der mich so sympathisch war wie eine Zecke, die mir am Fuß feststeckte.

„Ja, was?" Er verkrampfte sich und setzte sich endlich gerade hin. Bitterböse starrte er mir in die Augen. Nur mit Mühe konnte ich mir ein lautes Auflachen verkneifen.

„Haben Sie ein Problem oder haben Sie nur die Ohrhörer vergessen?" Eigentlich war ich zu diesem Moment schon ziemlich frech für jemanden, der sich um eine Arbeit bewarb. Ich konnte selbst nicht verstehen, weshalb ich mich so weit hinreißen ließ und weshalb Detective Garvey nicht schon längst angefangen hatte, mich anzuschreien, mit Sachen zu bewerfen oder mich einfach hinauszuschmeißen. Um ehrlich zu sein, riskierte ich alles davon sogar absichtlich. Mir gefiel es hier nicht, nicht mehr und nicht weniger. Ich mochte diesen düsteren Raum nicht, ich mochte die verstellbaren Stuhllehnen nicht, ich mochte Mister Garvey nicht. Ich mochte nicht einmal meinen Beruf, da das einzige, was ich als Polizist bisher getan hatte, aufräumen, Papierkram erledigen, tausende Sachen auswendig lernen und rennen gewesen war. Es war verdammt unfair von mir, es an meinem neuen Chef auszulassen, das wusste ich und das ignorierte ich. Verflogen war die Perfektion, die mir bisher nur stapelweise mehr Arbeit eingebracht hatte. Entweder er kam mit mir klar, oder ich würde eben etwas anderen machen.

„Sind Sie von allen guten Geistern verlassen?"

„Ich habe bisher noch nie Geister gesehen, daher weiß ich das nicht." Immer noch wartete ich darauf, dass er vollkommen ausrastete. Vor meinem inneren Auge sah ich schon, wie er alles um sich schmiss. Beinahe tat es mir leid um die Ordnung in diesem Raum, die ich vor dem Treffen so feinsäuberlich hergestellt hatte.

„Sind noch all Ihre Tassen im Schrank?"

„Ich habe keine Tassen, Gläser sehen schließlich viel schöner aus." Im Kopf arbeitete ich schon alle Berufe durch, die mir einfielen. Lehrer oder Professor war nichts für mich, erstens war ich dafür viel zu jung und zweitens würde ich niemals mit so unordentlichen Wesen wie Schüler oder Studenten auskommen. Putzen konnte ich zwar gut, aber bei meinem Temperament würde ich den Boden mit Öl wischen, wenn mich jemand ärgerte. Harte Arbeit, wie Bauer, Gärtner, Handwerker oder so, ging auch auf gar keinen Fall, wie bei so vielen meiner Mitschüler. Ich konnte gut Automobil fahren, vielleicht war das etwas für mich. Nein, dann würde ich alle meine Fahrgäste unbemerkt beleidigen. Buchhalter klang auch nicht gerade schlecht ... Ja, das passte mir. Ich würde Buchhalter werden. Seltsam, dass ich nicht vor der Polizeischule daran gedacht hatte, dann hätte ich längst allein in einem Büro alles ordnen und vervollständigen können. Polizisten gab es sowieso genug auf dieser Welt.

„Was denken Sie sich jetzt wieder aus?"

„Nichts, ich überlege nur, wie gut ein anderer Beruf passen würde."

„Eine sehr gute Idee. Was wollen Sie denn werden?"

„Buchhalter." Damit konnte ich zwar nichts Großes erreichen und nur in Rechnungen für Ordnung sorgen, aber immerhin etwas. Außerdem war der Job sicher nicht so anstrengend wie das hier.

„Bei Ihrem Sinn für Ordnung würde ich Ihnen sofort zustimmen. Dann würden Sie wenigstens Ihre Arbeit machen, wenn Sie alle Papiere sortieren und einheften, anstatt es wie hier ungefragt zu tun. Allerdings ist es schade, dass Sie völlig umsonst meine Zeit verschwendet haben. Man hat zwar behauptet, Sie seien dafür geeignet, aber wenn Sie anderer Meinung sind, dann wäre es besser, nicht noch mehr Zeit zu verschwenden."

„Sind Sie etwa nicht dieser Meinung?" Ich war vollkommen verwundert, dass er nicht wütend war.

„Ich halte nichts von Berichten und wenn man Ihrem Wort Glauben schenken soll ..."

„Sie glauben mir doch nie im Leben."

„Sagen Sie denn immer die Wahrheit?"

„Selbstverständlich." Ich konnte mich wirklich nicht mehr daran erinnern, wann ich das letzte Mal gelogen hatte. Allerdings hatte mir die Wahrheit schon dutzende Male höllische Probleme eingebracht, weshalb ich es eines Tages erlernen sollte. Lügen konnte schon nicht so schwer sein, es sei denn, man dachte nicht vor dem Sprechen nach, so wie ich.

„Das sollten Sie sich dringend abgewöhnen, wenn Sie doch noch in diesem Beruf bleiben wollen. Ich glaube, Sie wissen selbst, wie beleidigend Sie sein können. Und alle um einen herum indirekt auszulachen, ist nicht wirklich von Vorteil."

„Ich weiß."

Detective Garvey schüttelte den Kopf und es wirkte beinahe, als würde er lächeln. Lachte er mich etwa gerade aus? Ich verkniff mir einen weiteren Kommentar, in der Hoffnung, ihn nicht doch noch zur Wut zu bringen. Ich hatte mir heute schon viel zu viel erlaubt.

„Also gut. Falls ich Ihnen vorschlagen würde, einen Monat lang hier auf Probe zu arbeiten, wobei ich Sie jederzeit feuern lassen könnte, anstatt dass Sie sofort den Beruf wechseln, was würden Sie sagen?"

„Einverstanden."

„Gut. Kommen Sie morgen um halb neun wieder. Und ich meine halb neun, nicht, dass sie hier so wie heute und kurz nach sieben auftauchen. Mal sehen, ob ihr Verstand genauso groß ist wie Ihre Klappe; wenn, dann würde es mich wirklich sehr verwundern."

„Dann bis morgen."

„Auf Wiedersehen."

„Auf Wiedersehen, Sir."

Während ich schon hinaustrat, hörte ich ihn noch etwas wie „War das so schwer?" murmeln und konnte mir ein erneutes Grinsen nicht verkneifen. Ja, das war schwer gewesen. Aber vielleicht sollte ich ihn nicht für eine so lächerliche Figur halten, wie ich es eben tat. Vielleicht war er doch ganz in Ordnung. Wenn er mit mir auskommen konnte, musste er in Ordnung sein.

Kapitel Zweiunddreißig

„Beruhige dich, Arthur!"

„Ich soll mich beruhigen?" Kurz lachte ich hysterisch, während mir die Tränen weiter über die Wangen rannen. „Ich werde mich nicht beruhigen! Ich bringe diese verdammten Dreckskerle um, das schwöre ich dir! Ich drehe ihnen ihre verfluchten Hälse um, bis es kracht! Sie sollen elendig verrecken! Damit kommen sie nicht davon! Niemals!" Ich explodierte förmlich vor Wut. Ich schrie jedes einzelne Wort und schlug wütend auf den Tisch vor mir. Ich wollte mich nicht beruhigen. Ich konnte nicht einmal einen klaren Gedanken fassen. Vielleicht war das alles nur ein Albtraum und ich würde gleich aufwachen. Das konnte einfach nicht wahr sein!

„Nicht noch ein Mord, Arthur." Alberts Stimme war so ruhig wie eh und je. Für mich zu ruhig für einen so grauenhaften Moment.

„Was willst du damit sagen?" Etwas an seiner Wortwahl passte mir ganz und gar nicht in den Kram. „Unterstellst du mir, meine eigene Frau ermordet zu haben? Meinst du das? Verdammt, ich war es nicht! Sie haben meine Claire getötet! Sie! Die Ferrans! Ich weiß es! Verflucht noch mal, sie dürfen nicht damit davonkommen! Ich will diese Drecksgestalten, diese Schuhabtreter, diese widerlichen Kakerlaken, diesen Dreck, auf den selbst Fäkalien geekelt reagieren, tot sehen! Sie dürfen nicht damit davonkommen!"

„Fluchen wird dich auch nicht viel weiter bringen, Arthur." Detective Chief Inspector Albert Garvey lehnte sich weit im Stuhl zurück und verschränkte die Arme. Er zweifelte. Er zweifelte an meinem Wort. Er zweifelte an mir, seinem besten Freund für mehr als zwei Jahrzehnte. Wie konnte er nur? Wieso nur? Ich sagte die Wahrheit, verdammt!

„Glaubst du mir nicht?" Meine Stimme zitterte und ich konnte die Hände nicht ruhig halten. Ich war in einem Albtraum gefangen, der jedoch vollkommen real war. Erst wurde meine Frau ermordet, dann wurde ich verhaftet und nun leugnete mein bester Freund die Wahrheit.

„Arthur, verstehe mich bitte, ich darf dir nicht glauben. Als Polizist weißt du, dass man nur Beweisen glauben darf, und die sprechen ausnahmslos gegen dich. Als Polizist geht es nicht darum, ob du eine Person für einen Mörder halten kannst oder nicht. Es kannst nur du gewesen sein, so leid es mir tut. Du musst mich verstehen."

„Das kann nicht wahr sein! Du bist mein bester Freund! Du weißt, dass ich es nicht war! Du kennst die Wahrheit!"

„Arthur, solange ich deine Unschuld nicht beweisen kann, kann und darf ich dir nicht glauben. Und außerdem ..."

„Außerdem was?" Ich drückte meine Fingernägel so fest es nur ging in den Tisch vor mir, um nicht aus Versehen Albert einen Schlag ins Gesicht zu verpassen. Ich konnte es einfach nicht fassen. Das war nicht möglich!

„Außerdem kann ich es mir einfach nicht vorstellen, dass die beiden jemanden umbringen und dann wieder zurückkehren, um die Polizei auf dich aufmerksam zu machen. Es passt einfach nicht. Ihre wichtigsten Merkmale sind, dass sie niemals an einen Ort zurückkehren, dass sie niemals jemandem begegnen auf einem ihrer Verbrechen und dass sie niemals persönlich bei Polizisten einbrechen. Es ergibt einfach keinen Sinn, wieso sie plötzlich ihre Vorgehensweise ändern sollten, das hätte dir auch längst auffallen sollen."

„Du glaubst mir kein Wort, nicht wahr?" Meine Stimme war brüchig und ich wusste nicht, was ich sagen sollte. Natürlich, ich hätte alle Ausnahmen dieser Merkmale aufzählen können, von denen mir sicher einige eingefallen wären, hätte ich nur einen klaren Gedanken fassen können. Aber was brachte es schon? Er wollte mir nicht glauben, das wusste ich.

„Doch, schon ..."

„Aber?"

„Schau mal, es gibt viele Verbrecher in Newcastle. Du weißt doch, letztens dieser Mann, der seinen besten Freund umgebracht hatte und nicht verurteilt wurde aufgrund mangelnder Beweise, wie wäre es mit dem? Sicher hat er kein Alibi und ein Motiv hat er auch. Mein Chef wäre sicher damit einverstanden. Zudem ergibt es viel mehr Sinn, wenn ein auffälliger Verbrecher demjenigen, der ihn beinahe ins Gefängnis gebracht hätte, eins auswischen will, als wenn zwei Menschen mit vielen einflussreichen Freunden ohne eine einzige Vorstrafe jemanden umbringen. Wenn überhaupt, dann könntest du ihnen nur ein paar Einbrüche nachweisen, keinen Mord und die Kriminaldirektion würde uns beide hinauswerfen. Und falls wir sie dafür verhaften lassen, und sie wirklich schuldig sind, aber freigesprochen werden ..." Albert senkte den Blick.

„Du hast Angst."

„Ich habe Familie. Mein Leben würde ich vielleicht in Gefahr bringen, wenn, nein, falls ich dir glauben würde, aber nicht das meiner Frau und meiner drei Kinder. Und falls sie wirklich zu so einem Mord fähig wären ... Ich darf sie nicht in Gefahr bringen. Glaube mir, ich will dir wirklich helfen, aber du hättest dich aus dieser Sache heraushalten sollen."

„Ich hatte auch eine Frau. Ich hätte wirklich gerne einmal Kinder bekommen. Aber das ist nun vorbei. Vorbei, verstehst du? Vorbei, verdammt nochmal! Alles ist vorbei!" Ich schlug auf den Tisch und sackte dann in mir zusammen. Ich sah sie vor mir, wie sie da im Garten lag. Leblose Augen und überall Blut. Ich konnte es nicht ertragen! Ich hätte etwas tun müssen! Doch nun war es vorbei. Einfach vorbei.

„Arthur, bitte. Ich weiß, dass es nicht einfach für dich ist, aber du musst mich auch verstehen. Ich kann nicht einfach alles aufgeben für ein paar Verbrecher. Es steht zu viel auf dem Spiel. Mein ehemaliger Inspector sitzt nach diesem Fall in der Irrenanstalt, weil sie ihn für verrückt erklärt haben. Ich habe den Fall selbst aufgegeben, weil sie mit mir dasselbe machen lassen wollten. Du bist an diesem Fall zugrunde gegangen; reicht es nicht endlich? Wenn du nicht endlich aufhörst, dann bringen sie auch dich um, verstehst du das nicht?" Er schrie förmlich und auch ihm liefen Tränen über die Wangen. Er hatte Angst. Wahnsinnige Angst. Doch mir war das egal. Er hatte viel zu verlieren, ich hatte nichts mehr. Mein Leben war vorbei, so oder so. Nichts zählte mehr.

„Ich verstehe. Ich verstehe es gut. Nur leider werde ich nicht darauf hören. Mir ist es egal, was mit mir geschehen wird. Ich habe nichts zu verlieren. Sie werden mich nicht besiegen. Niemals."

„Bitte. Rache bringt niemandem etwas. Diesen Kampf kannst du nicht gewinnen. Ich bitte dich. Vielleicht könnte ich deinen Namen auch aus der Verdächtigenliste streichen, wenn du dafür Newcastle verlässt. Wir suchen dir eine gute Stelle, möglichst abgeschieden von der normalen Gesellschaft."

„Glaubst du etwa, ich finde noch einen Job? Spätestens morgen prangt mein Name im Zusammenhang mit Mordverdacht auf allen Zeitungen der Umgebung, wenn nicht sogar in ganz England. Hier werde ich natürlich auch nicht bleiben können. Mein Haus wird vermutlich bis zum undefinierbaren Ende der Ermittlungen beschlagnahmt, ich bin das Polizeiauto los und kann mein ganzes Leben ganz von Vorne anfangen, während mich alle für einen Mörder halten. Nein, das mache ich nicht mit."

„Du hast keine Wahl. Niemand auf der gesamten Welt wird dir glauben. Du hast verloren und du musst dich damit abfinden. Es gibt kein Zurück mehr. Vielleicht können wir in zehn Jahren, wenn alles vorüber ist und die Ferrans-Brüder sich hoffentlich im Ausland lukrativeren Geschäften gewidmet haben, darüber reden und ich könnte dich wieder hier anfangen lassen, aber wer weiß. Jetzt hast du auf jeden Fall keine Chance und ich kann und will dir nicht helfen, wenn ich dafür meine Familie in Gefahr bringen muss. Es tut mir leid." Er lehnte sich wieder zurück und blickte mich erwartend an. So war Freundschaft also, man nutzte die guten Zeiten vollkommen aus und ließ den anderen dann in den schlimmsten Zeiten fallen. Und ich hatte gedacht, dass ich auf ihn zählen konnte. Ich hatte ihn für mein Idol gehalten, für einen beinahe perfekten Menschen. Er war derjenige gewesen, der mich am Anfang auf diesen Fall angesetzt hatte. Ich hatte ihm vertraut.

„Tschüss, lebe wohl."

„Bis bald, Arthur."

Ich blickte ihm in die Augen. Es wirkte, als würde er bereuen, was er gesagt hatte, doch das war nicht möglich. Er änderte seine Meinung nie, er bereute nie etwas. Es war vorbei. Endgültig. Egal, was ich nun tun würde, ich musste es alleine schaffen.

„Nicht bis bald. Wir sehen uns nie wieder. Mach aus dem Fall, was auch immer du willst. Schreib mich auch meinetwegen als schuldig auf, mir ist es egal. Mir ist alles egal. Tschüss."

„Tschüss."

Ich nickte ihm noch kurz zum Abschied zu, bevor ich mich erhob und aus dem Raum ging. Rache war das einzige Wort, das mein Verstand noch zu fassen bekam. Rache. Ich würde nicht aufgeben. Mich bekam man nicht klein. Ich würde kämpfen bis zum letzten Blutstropfen. Ich würde siegen. Rache.

Kapitel Dreiunddreißig

Ein Schuss knallte durch die Luft und ich zuckte zusammen. Was war passiert? Was war nur los? Kaum dass ich mich aus meiner Schockstarre gelöst hatte, versteckte ich mich hinter dem nächsten Felsen. Mein Herz schlug wie wild und ich versuchte mich so klein wie nur möglich zu machen. Bloß nicht entdeckt werden, lautete meine Devise und normalerweise war ich darin auch besser als jeder andere. Mir war es egal, wer dort geschossen hatte und weshalb derjenige es getan hatte, Hauptsache diese Person kam nicht in meine Nähe. Ich zog die Beine näher an den Körper und drückte mich eng an den Felsen. Vergebens bemühte ich mich, so flach wie nur möglich zu atmen.

Minuten verstrichen, bis jemand aus dem Schatten der Bäume trat. Das Erste, das ich erkennen konnte, war eine Waffe, was mich dazu veranlasste, mich noch näher an den Felsen zu rücken und für eine halbe Minute etwa die Luft anzuhalten. Innerlich wünschte ich mir, dass derjenige sich sofort umdrehen würde und verschwinden würde.

Die Gestalt drehte sich um, sodass ich das Gesicht sehen konnte. Es war Arthur Hill. Er war wütend. So wütend, dass ich auch mich auch jetzt noch nicht aus dem Versteck traute. Ich war mir sicher, dass er geschossen hatte. Und wenn ich mich nicht irrte, würde er bald noch einmal schießen, nur dieses Mal einen Menschen treffen. Ich wusste nicht, was ich davon halten sollte. Einerseits freute ich mich schon, dass die beiden endlich einmal verlieren würden, andererseits würde es die gesamte Situation nicht viel besser machen. Es gab keinen Ausweg, da war ich mir sicher. Ich hatte schon jetzt verloren. Man konnte nicht gegen die Ferrans-Brüder gewinnen. Nicht auf Dauer. Nicht ich.

Kapitel Vierunddreißig

Mit festem Schritt lief ich auf und ab, während ich darauf wartete, dass die Ferrans endlich irgendwo auftauchen würden. Bald wäre es so weit. Gleich würden sie bekommen, was sie verdienten: den Tod. Ich wollte nicht zögern. Ich würde nicht zögern.

Meine Finger waren fest um die Pistole geschlossen, nur der Zeigefinger ruhte sanft am Abzug. Hass und Wut in mir kochten immer stärker hoch, bis ich mich kaum beherrschen konnte. Ich hasste die beiden. Ich hasste sie, wie man andere nur hassen konnte. Und dieses Mal würde es nichts und niemanden geben, der meiner Rache in Weg stehen würde. Ich würde sie töten. Ich musste sie töten. Mir war höllisch egal, was danach geschehen würde, in diesem Moment zählte nur die Wut.

Das stetige Knirschen bei jedem Schritt und das Rascheln der Bäume war plötzlich nicht mehr das einzige Geräusch weit und breit. Entfernt, aber dennoch klar nahm ich Schritte wahr, die viel stärker und energischer waren als meine eigenen. Ich blieb auf der Stelle stehen und lauschte. Eindeutig, jemand kam näher. Ich suche mit meinen Augen die Umgebung ab, konnte jedoch niemanden entdecken. Da ich nur einige Meter vom Waldrand entfernt war, hatte ich keinen wirklich guten Überblick, sondern konnte nur abschätzen, ob jemand ganz in der Nähe war.

Ich umklammerte die Waffe fester. Ich war jederzeit dazu bereit, abzudrücken. Ich hatte lange genug gewartet. Die Schritte kamen näher, doch dann entfernten sie sich, bevor ich eine Person in der beginnenden Dunkelheit ausmachen konnte. Egal, es war sowieso nur eine Person gewesen.

Erst Minuten später, vielleicht waren es sogar Stunden, ich achtete nicht auf die Zeit, nahm ich zwei Paar Schritte wahr. Beinahe hätte ich schon aufgegeben, auf die beiden zu warten, doch nun flammte die Wut in mir immer höher hoch. Ich hatte lang genug gewartet, da würden ein paar Stunden nicht stören. Ich war bereit. Ein Schuss, dann war es vorbei. Dann würden sie endlich bekommen, was sie verdient hatten.

Die Schritte kamen direkt auf mich zu, dann verstummten sie. Ich versuchte jemanden zu erahnen, doch das war ziemlich schwer von meiner Position aus. Ich schlich vorsichtig ein Stück näher an den Waldrand. Plötzlich erkannte ich zwei schemenhafte Gestalten nahe der Hütten. Es schien mir, als würden sie miteinander reden. Ich trat noch einen Schritt näher heran, musste dann aber stehenbleiben, damit ich nicht zu erkennen war in der Dunkelheit.

Ich lauschte. Entfernt waren zwei Stimmen zu erkennen, allerdings zu leise, als das ich etwas verstehen konnte oder die Person identifizieren konnte. Ich wartete. Plötzlich lachte einer der beiden laut auf und der andere stimmte nach Sekunden in das Gelächter mit ein. Es waren zwei raue, aber vor allem gehässige Männerstimmen, wie ich sie nur allzu gut kannte. Das waren die Ferrans-Brüder.

Stärker und stärker kochte die Wut in mir hoch. Ich würde nicht aufgeben. Dieses Mal würde ich gewinnen. Dieses Mal würden sie sterben, nicht jemand, der es nicht verdient hatte. Sie hatten den Tod verdient. Ich würde nicht zögern. Niemals.

Ich drückte meinen Arm mit der Waffe nach vorne durch und trat langsam aus dem Dickicht. Den Finger am Abzug lächelte ich. Gleich war es vorbei.

Kapitel Fünfunddreißig

Nervös blickte ich in der Gegend umher. Was wohl gerade geschah? War Arthur wirklich zu einem Mord bereit? War Rache überhaupt richtig oder war es einfach nur die einzige Möglichkeit? Wie würde das alles wohl ausgehen? Würde dieser Albtraum jemals ein Ende haben? Ich wusste es nicht und das jagte mir unheimliche Angst ein.

Es schien ausweglos. Wie konnten zwei Verbrecher, die jahrzehntelang eine ganze Gegend beherrscht hatten und zu Millionären aufgestiegen waren, gegen einen jämmerlichen jähzornigen Expolizisten verlieren? Gar nicht. Es war schlichtweg unmöglich, dass Arthur auch nur den Hauch einer Chance hatte. Vermutlich hatten sie ihn schon erwischt, und selbst wenn er es mit Glück schaffte, einen der beiden zu töten, wäre sein Leben noch im selben Moment zu Ende. Er wusste nicht, mit wem er sich angelegt hatte, aber ich wusste es. Man musste sie hassen und dennoch bewundern, für all das, was sie bisher erreicht hatten. Sie waren Gewinner.

Ich zog meine Beine näher an mich heran und sah mich noch einmal um. Vielleicht war es feige, sich einfach zu verstecken, aber mit etwas Glück blieb ich unentdeckt, bis ich verhungerte. Etwas Besseres viel mir bei Weitem nicht ein, da ich hier noch keinen einzigen klaren Gedanken hatte fassen können. Wann ich jemals vernünftig nachgedacht habe, fiel mir auch nicht ein, dieser Zeitpunkt musste wohl zu weit in meiner Kindheit liegen. Aber das war gerade auch unwichtig, da mir solche unheimlichen Gedanken nur einen zu schnellen Atem einbrachten, den ich beim Verstecken nicht annähernd gebrauchen konnte.

„Tag. Was machst du da?" Caroline Grove erschien urplötzlich vor mir. Wie hatte sie mich nur gefunden? Und noch wichtiger: Weshalb hatte sie mich gefunden? Ich misstraute ihr logischerweise.

„Das geht Sie nicht im Geringsten etwas an, Miss."

„Ja klar, garstig geht immer. Können Sie nicht einmal nett sein?" Auf was für seltsame Ideen kam diese Frau nur immer? Der Adel ließ sich doch nicht von kleinen Leuten befehlen! Außerdem war ich noch relativ nett gewesen, was man von ihr nicht gerade sagen konnte.

„Das geht Sie ebenfalls nichts an."

„Wissen Sie, eigentlich könnten Sie ganz sympathisch sein, wären Sie nicht immer so überheblich und würdest du dich nicht andauernd selbst bemitleiden. Dieses Gejammer geht einem einfach nur auf die Nerven. Solange du den Mund nicht aufmachst, wirkst du eigentlich total cool, aber mit dieser beleidigenden Art und der Kleinkindstimme ist es absolut kein Wunder, dass dich jemand um die Ecke bringen will."

Sie ließ sich neben mich sinken. Im Großen und Ganzen war sie überheblicher, als jedes andere menschliche Wesen, was auch ihre freundliche Stimme nicht minderte. Vielleicht war undankbar von mir, so schlecht über sie zu denken, nach alldem, doch ich konnte nicht anders. Wenn jemand mit mir redete, dann nur um mich in das nächste Desaster mit hineinzuziehen, das ich gerade gar nicht gebrauchen konnte.

„Niemand hat nach Ihrer Meinung gefragt, Miss."

Ich sah sie nicht an, sondern betrachtete weiter den Waldboden. Aus dem Augenwinkel bemerkte ich jedoch, dass sie sich nun auch am Felsen ablehnte und zudem ihre Arme verschränkte. Beinahe wirkte es so, als würde sie mir etwas vorwerfen, wobei ich keinen Grund finden konnte.

„Du weißt schon, dass du ein ziemliches Arschloch sein kannst?"

„Das ergibt absolut keinen Sinn, Miss. Nicht einmal die Größe stimmt hierbei." Ich wusste, worauf sie hinauswollte, aber es interessierte mich herzlich wenig. Ich wollte mich nicht ändern. Ich würde mich nicht ändern. Nicht für sie und für sonst niemanden. Wen es störte, der musste sich nicht mit mir beschäftigen.

„Du bist unmöglich, das weißt du schon?"

„Ich weiß. Und ich erachte dies durchaus als etwas Positives."

„Von wegen. Du tust die ganze Zeit so, als wärst du der gemeinste Typ der Welt, also so ein richtiger Gangster. Und dabei bist du ein kleines Kind, das einfach nur gerne die Klappe aufreißt."

„Vielen Dank für diese äußerst freundliche Rückmeldung zu meinem Verhalten, das leider nicht ganz so ist, wie beschrieben." Keines ihrer Worte stimmte auch nur annähernd. Was erlaubte sie sich nur? Sie konnte froh sein, dass ich nicht gerne zuschlug, denn so wie sie hatte mich schon lange niemand wütend gemacht.

„Hey, das war eigentlich auch freundlich gemeint. Immerhin gibt es hier noch größere Volltrottel, die statt der Klappe aufreißen lieber die Waffe hochreißen. Du musst ja nicht gleich alles so schlecht sehen, was ich sage. Ich rede eben viel und gerne und böse gemeint ist keins meiner Worte."

„Dass Sie durchaus gerne reden, merkt man Ihnen an." Außer ihrer Stimme fiel mir tatsächlich nichts zu ihr ein. Ihre Stimme und Ausdrucksweise waren besonders grauenhaft, wobei ihr Aussehen komplett durchschnittlich sein musste, denn, außer dass sie ein Kleid trug und nicht fett war, kam mir nichts zu ihrem äußerlichen Erscheinen in den Sinn. Sie war ein Durchschnittsmensch, solange sie kein Wort von sich gab.

„Du weißt aber auch echt nichts zu schätzen, oder? Da will man einmal etwas Nettes sagen und schon geht die Meckerei von vorne los."

„Wollen ist das exakte Wort für Ihre Ausdrucksweise." Mich würde sie nicht zum Durchdrehen bringen. Ich würde mich zusammenreißen, gut verstecken und irgendwann würde sie von alleine verschwinden.

„Was soll das schon wieder heißen? Weißt du eigentlich, wie gemein du bist? Egal was los ist, du siehst nur die Schattenseiten. Alles ist schlecht, und wo etwas Schlechtes dran ist, da gibt es nichts Gutes. Dieses Gehabe als wärst du der Mittelpunkt der Welt kauft dir doch niemand ab! Wieso tust du immer noch so, als wärst du wie die Ferrans? Wieso hältst du dich immer noch für einen Supergauner oder so? Klar, du hast mal dazugehört, aber ein Wort von dir und jeder Dümmling merkt, dass das alles nur lächerliches Getue ist. Als ob du jemals zu einer Waffe greifen und abdrücken könntest. Als ob du überhaupt etwas Gefährlicheres machen könntest als meckern, angeben und sich heulend in der nächsten Ecke verkriechen. Das hast du mit deinem Kumpel gemeinsam: Ihr beide tut so, als wärt ihr die Supercoolen, die alles tun können, und dabei könnt ihr nicht einmal jemanden umbringen. Ihr stellt euch an, als wärt ihr schlimmer als die Ferrans und kriegt bei jeder kleinen Verletzung, die auf eure Kosten geht das Muffensausen. Aber freu dich, bald kannst du dich in Ruhe verkriechen und darauf warten, bis du abkratzt! Bald ist niemand mehr da, der den Babysitter spielt! Freu dich!"

Zum Ende hin war sie in ein hysterisches Kreischen übergegangen, das in den Ohren nur so schrillte. Doch das störte mich kaum mehr. Ihre Worte waren nicht mehr überheblich, sondern verzweifelt. Verzweifelter, als es meine nur sein konnten, was schon etwas heißen sollte.

„Was meinst du damit?"

„Bekommst du gar nichts mit, was um dich herum passiert? Ach nein, du bist ja mit Verstecken beschäftigt. Arthur ist abgehauen, um die beiden Ferrans-Brüder abzuknallen, als ob er das auf die Reihe bekommen würde. Vermutlich kommt er nicht zurück. Jells ist abgehauen, um petzen zu gehen, also werden sie Quellington und mich nur allzu bald finden. Und du wirst weiterhin in deinem Versteck hocken, während alle um dich herum munter abkratzen. Aber wenn du das unbedingt willst, dann mach das ruhig. Mich stört nichts, das du machst. Mich stört diese verdammte ganze Welt nicht mehr!"

„Wieso glaubst du, dass Arthur es nicht schaffen wird, die beiden zu töten? Er kann schießen, und das nicht gerade schlecht."

„Ich kenne meine Familie besser, als du sie jemals kennen könntest. Claire hätte sich niemals mit einem kaltblütigen Mörder abgegeben. Und wenn er jemals vorhatte, einen Menschen zu töten, hätte er von Beginn an nicht gezögert. Ja, er ist verdammt jähzornig und bei ihm ist es auch absolut kein Wunder, wenn er in eine Prügelei gerät, aber den Ferrans ist er unterlegen. Nicht, weil er zu schwach oder zu ängstlich ist, sondern weil er nicht hinterhältig genug ist. Um jemanden geplant zu töten, braucht es nicht unbedingt sehr viel Hass und Mut, sondern man muss nur alle Werte aufgeben, die man hat, um das gewünschte Ziel zu erreichen. Aber dich sollte es sowieso nicht stören, du kannst dich ja verkriechen und warten, bis du verreckst. Du hättest schon so zu viel Angst, dich deinen Feinden direkt in den Weg zu stellen."

Ich wandte meinen Blick zu ihr. Caroline ließ sich erschöpft auf den Boden heruntersinken. Tränen liefen ihr über die Wangen und sie schien wirklich verzweifelt. Nein, sie war es. Die Situation war ausweglos. Es war einer dieser Momente, an dem ich mich einfach nur verstecken wollte und niemandem begegnen wollte. Doch dieses Mal ging es nicht. Es war an der Zeit, auch etwas zu tun.

Langsam drückte ich mich von der trockenen Erde hoch. Beinahe wäre ich wieder umgefallen, so lange hatte ich mich schon nicht bewegt. Doch in mir keimte ein Plan auf. Vielleicht gab es doch einen Ausweg, und das ohne jemanden töten zu müssen. Vielleicht gab es noch eine Chance.

„Worauf wartest du noch, Caroline?"

Kapitel Sechsunddreißig

Ich trat in die Burg ein. Draußen war es warm und alles schien so wie immer. Die Sonne stand schon tief am blauen Himmel. Es war still. Zu still. Louis und Bill sollten eigentlich hier sein. Auch meine Eltern mussten zu diesem späten Zeitpunkt zuhause sein, wie auch die gesamte Dienerschaft. Wie ich es von ihnen gewohnt war, hatte ich Lärm erwartet, doch keine vollkommene Ruhe. Etwas stimmte hier ganz und gar nicht.

Beinahe panisch rannte ich durch die Eingangshalle zur Treppe. Niemand war zu sehen. Normalerweise herrschte hier ein geschäftiges Treiben, sodass man kaum ungesehen hinaufkommen konnte, doch niemand war in Sichtweite.

Plötzlich entdeckte ich etwas vor meinen Füßen. Fast wäre ich gestolperte, so wenig hatte ich mich auf meine Schritte konzentriert. Ich ließ mich auf die Knie fallen und betrachtete dieses Etwas vor mir genauer. Obwohl langer schwarzer Stoff darüber ausgebreitet war, erkannte ich nach nur wenigen Sekunden, dass es ein Mensch war. Ich streckte meine Finger nach dem Stoff aus, bekam ihn jedoch kaum zu fassen, so stark wie ich zitterte. Seide, es war reine Seide. Ein schwarzer Seidenumhang, wie ihn eigentlich nur mein Vater trug.

Ich musste mich sehr zusammenreißen, um nicht hysterisch zu werden oder vorschnell zu reagieren. Doch kein einziger klarer Gedanke schoss mir durch den Kopf. Ich hatte Angst. Unheimliche Angst. War es wirklich Herr Vater? Was war mit ihm geschehen? Und wenn nicht, wieso lag hier jemand in seinem Umhang am Fuße der Treppe? Tausende Möglichkeiten schossen mir durch den Kopf, jedoch fand ich keine einzige, die mir wirklich gefiel. Wieso wachte ich nicht auf? Was war nur los?

Abermals streckte ich meine zitternden Finger nach vorne, dieses Mal um den Stoff zur Seite zu ziehen. Es konnten wenige Sekunden oder auch mehrere Minuten vergangen sein, bis es mir gelang; ich hatte das Zeitgefühl komplett verloren. Das Erste, was ich bemerkte, war sein typischer dunkelblauer Anzug und das lichte blondgraue Haar. Sofort ließ ich den Stoff los und schlug die Hände vors Gesicht. Es war Herr Vater, da gab es keine Zweifel. Doch das konnte nicht wahr sein! Das durfte nicht wahr sein!

Wieder streckte ich die Hand aus. Vielleicht schlief er gerade nur oder es war wirklich jemand anderes. Ich wusste selbst nicht, was ich denken, sagen oder tun sollte. Es war so irreal, so unwirklich, dass es gar nicht stimmen konnte. Und doch gab mir genau dieses Irreale das Gefühl, dass es wahr sein musste. Kaum hatte ich nach seiner Hand gegriffen, bestätigte sich diese dunkle Vermutung in meinem Inneren, die ich nicht einmal zu denken gewagt hatte. Kein Puls. Ich probierte es noch einmal am Hals, doch auch dort spürte ich absolut nichts mehr. Die Haut war warm, ins Gesicht sehen konnte ich ihm jedoch nicht, wie er dort auch dem Bauch lag.

„Herr Vater?", fragte ich leise. Ich erhoffte mir nicht einmal eine Antwort. Trotzdem griff ich nach seinen Schultern, um ihn umzudrehen. Vielleicht war alles nur ein Missverständnis. Vielleicht war alles in Ordnung. Es musste so sein! Es musste!

Sein Oberkörper kippte, sodass er auf dem Rücken landete. Leblose Augen starrten mich an. Nein! Das konnte nicht wahr sein! „Vater? Bitte, Vater! Bitte, beweg dich!" Doch er lag einfach da. Einfach so, regungslos. Tot.

Verschreckt wich ich zurück. Sollte ich schreien? Sollte ich Hilfe holen? Sollte ich einfach hier sitzenbleiben? Ich wusste nicht, was ich tun sollte. Tränen liefen mir über die Wangen und ich tat einfach minutenlang, was mir wie Stunden vorkam, nichts. Am liebsten hätte ich ihn in den Arm genommen, in der Hoffnung, dass er noch am Leben wäre, doch nicht einmal zu seinen Lebzeiten hatte ich mich das getraut. Nun war es vorbei. Nie wieder sein unerträgliches Gemecker, seine abgehobene Art, die übertriebene Gestik und Mimik und vor allem nicht seine Fürsorglichkeit, so schroff er auch oft war. Nie mehr. Was für eine lange Zeit.

Irgendwann, als ich mich wieder etwas beruhigt hatte, versuchte ich mich am Treppengeländer hochzuziehen, was mir gelang. Ich warf einen letzten Blick zu Herr Vater, bei dem ich erschauderte und hastete die Treppe hinauf. Mutter! Ich musste Mutter finden!

Kaum oben angekommen, wurde ich jedoch von Bill und Louis empfangen, die mich beide je an einem Arm festhielten. Als wäre ich nicht mehr bei mir, trat und schlug ich um mich, ohne die

Situation überhaupt zu begreifen. Was war nur los? Wo war Mutter? Was hatten Bill und Louis damit zu tun?

„Ruhig, Charlie. Reg dich doch nicht so auf, nur weil dein Alter abgekratzt ist."

Normalerweise war ich an ihre Sprüche gewöhnt, doch dieses Mal konnte ich mich nicht kontrollieren. Meinetwegen konnten sie mich beschimpfen, aber jedes böse Wort über meine Eltern war ein Wort zu viel. Wütend trat ich mit ganzer Kraft nach Bill, sodass er auf dem glatten Marmorboden ausrutschte und biss Louis ins Handgelenk, sodass es leise knackte. Nur Sekunden später hatte sich der Griff gelockert und ich stürmte zur Zimmertür meiner Mutter und öffnete diese.

„Nein!" So laut wie jetzt hatte ich noch nie geschrien. All das Blut und meine Mutter mittendrin. Verzweifelt stürzte ich zu ihr. Nicht sie! Das musste ein Traum sein! Alles, nur nicht sie! Ich konnte nicht anders, als sie zu umarmen, in der Hoffnung, dass sie aufwachen, mich ansehen und so wie immer sachte über meinen Kopf streichen würde.

Von hinten rissen mich die Ferrans-Brüder wieder von ihr los. Brutal zerrten sie mich aus dem Raum und zurück ans Geländer. „Little Charlie, reg dich mal ab. So schlimm ist es ja nun auch nicht."

„Abregen? Ich werde mich nicht abregen! Meine Eltern sind tot! Einfach tot! Tot, versteht ihr nicht? Tot!" Tränen verdeckten mir die Sicht und ich sank in mir zusammen.

„Ja freu dich doch. Die haben eh nur genervt. Wir wollten dir doch nur helfen. Eigentlich solltest du dankbar sein."

Helfen? Dankbar? Was sollte das heißen? Hatten sie ... ?

„Nein! Das kann nicht wahr sein! Das habt ihr nicht getan!"

„Was ist nur dein Problem? Die haben nur gestört, ohne sie wirst du viel besser leben. Alles wird super. Wir erzählen, dass der alte Knacker seine Frau umgebracht hat und dann die Treppe heruntergefallen ist. Die Waffe ist ihm dabei unter das Sofa gerutscht. Wir waren währenddessen nicht einmal hier."

„Nein. Nicht mit mir! Ihr habt meine Eltern umgebracht! Wie konntet ihr nur? Wieso nur? Wieso?" Ich verstand es nicht. Ich verstand gar nichts mehr. Das war unmöglich! Das durfte nicht sein! „Ich werde es allen erzählen. Ich werde euch nicht helfen. Nie mehr", schwor ich.

„Nein, das wirst du nicht. Du kannst es nicht einmal. Alle werden dich für schuldig halten. Du hast Blut auf deinem ganzen Körper, du hast beide Leichen angefasst und unser Wort steht gegen deins. Und wenn du nur ein Wort von dir gibst, glaub uns, wir zögern auch nicht vor mehr Morden."

„Das werdet ihr nicht wagen."

„Oh doch, glaub uns. Wir trauen uns alles, wir machen alles wie wir wollen. Solange du unser Freund bist, hast du unseren Schutz. Wer nicht unser Freund ist, ist unser Feind und was wir mit Feinden machen, weißt du ganz genau."

Diese Fröhlichkeit, dieser Enthusiasmus in der Stimme war einfach grauenhaft. Ich hatte schon immer gewusst, dass sie weit gehen würden, aber niemals hätte ich gedacht, dass sie zu allem bereit gewesen wären und das nur fürs Vergnügen. Doch ich hatte mich getäuscht. Ich, der vorsichtige Lord, der an alle Optionen dachte, hatte mich getäuscht. Das Unmögliche war eingetreten.

Die nächsten Stunden und Tage verliefen, als wäre ich in Trance. Ich brachte nur verworrene Sätze hervor und taumelte durch die Gegend, als hätte ich zu viel getrunken. Dennoch tat ich etwas, das ich noch Jahrzehnte später bereuen würde: Ich half ihnen. Ich erzählte, was sie mir sagten, wenn auch in einem seltsamen Kauderwelsch und unter Tränen, ich befahl allen meinen Angestellten Stillschweigen, auch wenn mein ehemaliger Butler sicher mitbekommen hatte, was vorgefallen war. Ich rief an diesem Tag die Polizei nicht an, sondern ließ die Köchin dorthin fahren. Ich stellte sogar den Strom ab, damit ich einen Grund hatte, die Köchin fahren zu lassen, sodass der Todeszeitpunkt nicht eindeutig war. Auch behauptete ich, dass die Dienerschaft gar nicht beim Eintreffen der Ferrans fortgeschickt wurde, damit meine Eltern mit ihnen reden konnten, sondern schon Stunden vorher, obwohl das nicht einmal Sinn ergab. Ich spielte ein letztes Mal das Schoßhündchen der Ferrans-Brüder, einfach nur, weil ich solche Angst vor ihnen hatte. Nur ein einziger Befehl lief ins Nichts hinaus: Statt die Waffe von der Polizei finden zu lassen, versteckte ich sie unter meinem Bett. Der einzige Beweis, den ich gegen sie hatte.

Alle Spuren liefen ins Nichts hinaus. Der Mord an Lady Grace Telleray und der mysteriöse Tod von Earl Edward Telleray of Newcastle upon Tyne, dessen Titel ich aus Scham niemals übernommen habe, blieben ungeklärt. Zwei Menschen waren tot und niemand wusste wie uns weshalb, oder jedenfalls traute sich niemand, es zu sagen. Mein Butler war nur einen Tag später verschwunden, die Köchin hatte auf unerklärliche Weise eine Reise ins Ausland gewonnen, von der sie nicht zurückkehrte und einen Tag später stand für zwei Jahrzehnte die Burg Telleray of Newcastle upon Tyne trostlos da, wobei sich nur wenige Menschen hinein und hinaus trauten. Eine Burg, die irgendwann einmal gestrahlt hatte, aber so wie ihr Besitzer in sich zusammengefallen war.

Kapitel Siebenunddreißig

Ich drückte meinen Arm mit der Waffe nach vorne durch und trat langsam aus dem Dickicht. Den Finger am Abzug lächelte ich. Gleich war es vorbei. Gleich waren sie tot. So schwer konnte es doch nicht sein, den Abzug zu betätigen. Ein kleiner Ruck konnte Leben für immer auslöschen. Jedes Kind konnte das rein theoretisch tun. Weshalb sollte ich also auch nur das kleinste Problem damit haben?

„Stehengeblieben", befahl ich.

Die Ferrans-Brüder erstarrten. Sie standen nur wenige Meter, vielleicht sieben oder acht, von mir entfernt, doch bis jetzt hatten sie mich wohl nicht entdeckt. Sicherlich hatten sie mir nicht zugetraut, sie anzugreifen, doch da hatten sie sich sehr getäuscht. Ich würde nicht so schnell aufgeben.

Für einen Moment genoss ich diesen Anblick. Vor mir zwei Verbrecher, die bisher alles erreicht hatten und nun um ihr Leben fürchten mussten. Sie hatten mich hier nicht erwartet, was mir einen großen Vorteil einbrachte. Dieses Mal würden sie diejenigen sein, die bis zur letzten Sekunde zitternd auf den Tod warten würden. Dieses eine Mal würden sie endgültig verlieren.

Sie waren sprachlos, doch offenbar nicht so geschockt, wie ich gedacht hatte, denn nur Sekunden später hatte Louis Ferrans in seine Tasche gegriffen, um ebenfalls eine Pistole herauszuholen. Schneller als dass ich einen klaren Gedanken fassen konnte, hatte ich schon die Hand neben seinem Körper getroffen. Kurz schrie er auf, als sich die Kugel durch die Handfläche bohrte und Sekunden später presste seine Hand mit schmerzverzerrtem Gesicht an den Bauch. Ich hatte ideal getroffen, so wie eh und je. Jetzt nur noch ein zweiter Schuss, dann war es vorbei mit ihm. Weshalb hatte ich nicht sofort tödlich gezielt?

Abermals streckte ich meinen Arm vollständig durch und zielte. Eine kleine Bewegung und er wäre tot. Es war so einfach. Doch konnte ich töten? Konnte ich wirklich im Zorn ein Menschenleben auslöschen? Ich hatte keine Wahl. Wenn ich leben wollte, musste ich töten, so einfach war das. So einfach und dennoch so schwer.

Bill begann zu grinsen. „Hast du Schiss oder was? Traust du dich etwa nicht? Willst du jetzt nachhause zu deiner lieben Frau rennen? Ich vergaß, du hast ja keine mehr."

Wut kochte in mir hoch, doch ich ließ mich nicht aus der Ruhe bringen. Ich kannte diesen Trick nur allzu gut. Sie wollten mich aus der Fassung bringen, sodass ich nicht mehr zielen konnte. Trotz meines unbändigen Hasses musste ich ruhig bleiben, sonst war ich verloren. Ich wäre nicht der erste Polizist gewesen, der darauf hereingefallen war. Aber dieses Mal würde ich nicht so leicht aufgeben. Niemals.

„Im Gegenteil. Ich warte nur auf den richtigen Augenblick. Dann, wann ihr euch vor Angst kaum mehr auf den Beinen halten könnt und sich in euren Augen das Verderben widerspiegelt. Dann, wann ihr hoffnungslos um Vergebung bettelt, weil ihr wisst, dass euer Leben nur noch Sekunden andauern wird. Ist das keine schöne Vorstellung?" Ich musste das Zittern in meinen Finger unterdrücken, während ich so leise und genüsslich flüsterte, dass selbst mir die Haare zu Berge standen. Doch worauf wartete ich wirklich?

Ich versuchte, den Abzug zu betätigen, doch ich konnte nicht. Wieso nicht? Es war doch so einfach! Eine Bewegung und ein Menschenleben wurde ausgelöscht. Es war zu einfach. Ich wusste nicht weshalb, aber ich konnte es nicht. Ich musste, doch ich konnte nicht. Es war zu einfach und dennoch zu schwer.

Verzweifelt ließ ich die Waffe sinken und Bill griff nach seiner eigenen. Es war vorbei. Endgültig.

Doch zum Schuss kam er nicht mehr. Von hinten hatte Lord Telleray ihm einen Schlag verpasst, der ihn zusammensacken ließ, während Caroline mit einem Kochtopf auf Louis eindrosch. Im Schatten der Dunkelheit und bei meiner Konzentration auf die Ferrans-Brüder hatte ich die beiden tatsächlich übersehen.

Ich brachte kein einziges Wort hervor, so überrascht war ich. Ich hatte ihnen misstraut, auch wenn sie mich nun gerettet hatten. Vollkommen überfordert stand ich einfach nur da.

„Ich habe einen Plan", meinte Lord Telleray. Vielleicht gab es doch noch eine andere Chance.

Kapitel Achtunddreißig

Heute war der Abreisetag, wobei man von Tag bei dieser Uhrzeit nicht einmal sprechen konnte. Es war draußen so dunkel, das man kaum zehn Meter weit blicken konnte. Dennoch mussten wir in nur wenigen Minuten los, sonst wäre der ganze Plan gescheitert.

„Gehen wir?", fragte ich leise.

„Nicht so schnell, mein Lieber", antwortete mir Quellington. Wusste ich doch, dass er noch Probleme machen würde! „Erst einmal klären wir, wie das alles ablaufen soll. Ich werde sicher als Erster losgehen, um das Beiboot loszumachen, nicht wahr?"

„Natürlich nicht!" Was bildete sich dieser Typ bloß ein? Dass wir seinen Schutzschild spielen sollten, während er mit seiner vorlauten Klappe vorneweg lief und alle auf sich aufmerksam machte? Niemals! Am liebsten hätte ich zu den Ferrans-Brüdern an den Baum gebunden, damit er endlich nichts mehr durcheinanderbringen konnte.

„Ich werde ganz sicher nicht das Kanonenfutter spielen. Das könnt ihr alle vergessen. Ich traue euren Ausrechnungen nämlich nicht im Geringsten. Und wer weiß, vielleicht wäre ich auch dazu bereit, die Ferrans wieder nachhause zu schleppen, wenn ihr nicht auf mich hört."

Dieser Halunke! Erst tat er so, als wäre er vom Plan begeistert und dann wollte er alles doch nur wieder zu seinen Gunsten umdrehen.

„Sie können die Daten gerne nochmals überprüfen. Alles stimmt bis aufs letzte Detail. Exakt um fünfzehn Minuten vor fünf Uhr werden alle Menschen entweder auf der Nordseite der Insel oder im Zentrum sein. Es gibt keine Wache an der Südseite. Alle Männer sind auf ihren Stellen positioniert oder helfen beim Abladen des Schiffes." Lord Telleray war so trocken und emotionslos wie immer. Bei ihm gab es wohl keinen Zwischenschritt zwischen Verzweiflung und Überlegenheit.

„So leicht lasse ich mich nicht abwimmeln. Einer von euch fängt die Kugeln ab, wenn welche fliegen, so viel ist schon einmal klar. Oder wollt ihr einen Verräter riskieren?" Er grinste, als hätte er gerade eine gute Nachricht bekanntgegeben und nicht angekündigt, uns zu verraten. Liebend gerne hätte ich ihm meine Faust ins Gesicht geschlagen, nur um dieses elendige Grinsen nicht mehr sehen zu müssen, doch ich riss mich zusammen. Wenn die Berechnungen des Lords stimmten, dann würde sowieso keine Gefahr auf uns zukommen, da würde es nicht interessant sein, wer die Rückendeckung gab.

„Also gut. Sie rennen hinter Caroline und Lord Telleray. Oder wollen Sie riskieren, als Erster entdeckt und erschossen zu werden?" Dass diese Wahrscheinlichkeit gleich Null war, wusste ich, dennoch wollte ich ihm nicht die Chance geben, alles zu zerstören. Je weiter hinten er war, desto weniger konnte er am Ende ausrichten. Doch es würde sicher nichts dazwischen kommen.

„Gehen wir." Lord Telleray wandte sich schon zum Gehen, Caroline bei ihm eingehakt. Seltsamerweise schienen sie plötzlich ziemlich vertraut zu sein, auch wenn sie unterschiedlicher nicht hätten sein können. Ich hatte aber nichts dagegen, wenn die beiden sich besser verstehen würden, wenigstens gab es dann jemand anderen, der mit seinem Gejammer besser klarkam als ich.

Gemeinsam liefen wir zum Waldrand, wo ich noch einmal die Uhrzeit kontrollierte, so schwer es in der Dunkelheit auch war, selbst wenn es schon langsam wieder heller wurde. Niemand war in Sichtweite, also liefen der Lord und Caroline vor. Ich sah mich die ganze Zeit lang um, doch außer der dicken Frau im hässlichen Kleid war absolut niemand in der Nähe. Rundherum war es ruhig und friedlich. Etwa eine Minute später stürmte auch Quellington los, ich nur wenige Sekunden später. Wir mussten schnell sein, sonst war es zu spät.

Während dem Rennen sah ich mich immer und immer wieder um. Seltsam, dass die abscheuliche Frau plötzlich verschwunden war, wo sie doch gerade noch da war. Doch ich kümmerte mich nicht weiter darum. Ich musste rennen, so schnell ich nur konnte.

Mein Atem rasselte und meine Füße hämmerten über den Boden. Ich konnte mich nicht gleichzeitig umsehen und so schnell rennen, ohne zu stolpern, also blickte ich nur noch nach vorne, was ein riesengroßer Fehler war.

Ein Schuss. Eine Kugel flog neben mir in den Boden und der Staub wurde kurz aufgewirbelt. Ich rannte schneller. Ich musste es schaffen, ich musste. Es war die letzte Chance. Ich musste einfach schnell genug sein.

Die zweite Kugel flog durch die Luft und verfehlte Quellington einen halben Meter vor mir nur um Haaresbreite. Abrupt blieb er stehen, sodass ich in ihn hineinrannte. Was war los? Was hatte er vor?

Mit einem festen Griff hielt er mich vor sich fest. Ich sollte sein Schutzschild sein, wie er es von Anfang an geplant hatte. Das war der Grund, weshalb er nicht der Letzte sein wollte. Er hatte geahnt, dass etwas schiefgehen sollte.

Kurz warf ich einen Blick auf den Schützen, wo ich mich sowieso nicht großartig rühren sollte. Es war eine sie. Die dicke Frau, die ich für vollkommen harmlos eingeschätzt hatte. Sie hielt die Pistole und feuerte einen dritten und vierten Schuss, von denen mich einer am rechten Arm streifte. Doch hinter ihr kam schon Verstärkung angerannt. Theodor Kelling von links und von rechts die Ferrans-Brüder mit Jells im Schlepptau. Es war eine Falle gewesen. Deshalb war alles in so perfekten Abläufen geschehen. Sie hatten wohl etwas mitbekommen von gestern Abend und uns jetzt die Falle gestellt.

Mit ganzer Kraft stieß ich mich nach hinten ab, sodass ich Quellington rückwärts zu Boden riss. Mit einem Schrei ließ er mich los und ich drehte mich zur Seite. Eine fünfte Kugel flog durch die Luft und traf. Ein letzter Schrei von Quellington und dann nur noch leises Gestöhne. Blut. Viel Blut. Doch ich konnte mich nicht um ihn kümmern. Es gab jetzt Wichtigeres zu tun.

Ich drückte mich mühsam vom Boden hoch, während ich gleichzeitig schon versuchte weiterzurennen. Der Lord und Caroline waren stehengeblieben, während uns die Verfolger beinahe einholten. Der letzte Schuss, doch er ging daneben.

„Charles, Caroline, rennt!" Ich schrie, so laut ich konnte und hastete weiter. Schneller, ich musste schneller sein, um zu überleben. Nur noch fünfzig Meter, dann war ich da. Die beiden waren schon fast angekommen, doch Theodors Schritte waren nur knapp hinter mir zu hören.

Ich stolperte und fiel. Das durfte nicht sein! Das konnte nicht sein! Nein, nein und nochmals nein! Ich versuchte mich hochzudrücken, doch ich schaffte es nicht. Theodor hatte mich schon eingeholt und zog mich in die Höhe.

Hände legten sich fest um meinen Hals. Mit einem Grinsen starrte er mir ins Gesicht. Ich bekam keine Luft. Mein Brustkorb hob und senkte sich wahnsinnig schnell, doch ich konnte nicht atmen. Mir wurde schwarz vor Augen. Das Letzte, was ich sah, war Theodors Grinsen, dann war es vorbei. Endgültig vorbei.

Epilog

Stille. Kein Wort, kein Schritt, nur das Rauschen des Windes. Die Burg lag dort, in Stille und in Dunkelheit.

Die Türme wurden vom Nebel verschluckt und die Tore waren allesamt verschlossen. Verlassen und verfallen blickte es von außen betrachtet drein. Verlassen und aufgegeben. Doch war es wirklich so?

Das Zuhause von Earl und Lady Telleray of Newcastle upon Tyne schien von außen so verloren wie dessen Besitzer. Nur das parkende Automobil vor der Burg, das beinahe die Mauer berührte, bewies, dass jemand anwesend sein musste.

Niemand, wenn denn jemand draußen stehen würde, hätte geahnt, dass die Burg nicht annähernd so leer und verlassen war, wie es schien. Drei Menschen waren anwesend, darunter auch beide Herrschaften Telleray of Newcastle upon Tyne.

Innen hallten leise Schritte durch den Flur, nur ein Hauch eines Geräusches, doch dank der Stille klar wahrzunehmen. Der Earl schritt in der Eingangshalle auf und ab, ein undurchschaubares Gesicht so wie immer. Auch sein aufrechter und doch verkrampfter Gang hatte sich kaum geändert. Es schien wie jeder einsame und hoffnungslose Tag in Newcastle, nur dass nicht alles war, wie es den Anschein hatte.

Tatsächlich war es seit mehr als zwei Jahrzehnten nicht vorgekommen, dass mehr als zwei Menschen sich in dem heruntergekommenen Gebäude befanden. Doch die Zeiten hatten sich geändert. Die Menschen hatten sich verändert. Und selbst Newcastle hatte sich letztendlich auch geändert. Es hatte eine neue Chance gegeben, vielleicht würde ein Neubeginn auch bald vorkommen. Alles hatte sich geändert und doch war es keine Veränderung, die man wirklich bemerken konnte.

Nervös drehte Earl Telleray den Ring an seinem Finger hin und her. Schon viel Zeit war vergangen, seit dem Tag, an dem sie zurückgekehrt waren. Beinahe wäre alles vorbei gewesen. Es hätten nur Sekunden gefehlt. Noch immer schauderte er, wenn er daran zurückdachte.

Wie gut nur, dass fast alle überlebt hatten. So perfekt der Plan auch gewesen war, fast wäre er schiefgegangen. Noch immer warf er sich vor, dass er alles besser hätte überdenken müssen. Wie konnte er nur die Verlobte von Louis vergessen haben? Auch wenn Arthur letztendlich doch überlebt hatte, so hätte er auch diese Gefahr mit einkalkulieren müssen, dachte er sich.

Lady Telleray hüpfte mit großen Schritten die Treppe hinunter. Beinahe verhedderte sie sich mit dem Kleid am Geländer, was sie jedoch nicht sonderlich störte. „Und? Was ist los?"

„Nichts, Caroline, es ist nichts." Earl Charles Telleray wandte den Kopf zu ihr und blickte sie nachdenklich an. Viel zu viele Gedanken schwirrten ihm durch den Kopf.

„Nichts? So wirkst du aber nicht. Du machst dir Sorgen, nicht wahr?" Sie seufzte. Auch sie war nicht so fröhlich, wie sie es vorgab. Zu viele Fragen standen noch offen. Dennoch ließ sie sich davon nicht niederdrückten. Nein, schlechte Gedanken brachten ihr nichts, da sie auch so nichts an dem ändern konnte, wie es kommen würde.

„Natürlich nicht." Er wanderte weiter durch die Eingangshalle, die Haltung aufrecht und die Lippen eng zusammengekniffen.

„Natürlich doch, meintest du wohl." Sie grinste. Sie war es längst gewohnt, dass er ein und dasselbe meinte, jedoch das komplette Gegenteil sagte.

„Sicherlich." Auch er lächelte kurz, wurde aber sofort wieder ernst. Noch immer ließ er sich nicht von den quälenden Fragen ablenken.

Draußen parkte währenddessen ein anderes Automobil. Kaum dass der Motor erstickt wurde, wurde es kurzzeitig wieder still. Earl und Lady Telleray waren in der Halle wie zu Eis erstarrt. Die Burg lag für einige Minuten im Dunkeln da, als würde es gar nicht existieren, bis sich die Autotür öffnete. Dieses leise Klacken zerriss die Stille, sodass beide Herrschaften sich erwartend zum Tor drehten.

Niemand wurde erwartet, niemand sollte kommen. Und doch war der mysteriöse Gast im Begriff, die Burg Telleray aufzusuchen. Wer war er nur?

Schritte hämmerten über den Asphalt. Lauter und lauter, näher und näher. Der Besuch schlug zweimal mit seiner Faust an das Tor, dann war es wieder still. Verwirrt, schon beinahe panisch blickte Charles Caroline an, nicht wissend, was zu tun war. Wer würde diese verlassene Burg freiwillig aufsuchen? Welche Absichten konnte derjenige von dem Tor nur haben? Endlose Fragen.

Caroline nickte ihm zu, sodass Charles sich zögernd auf den Weg machte, das Tor zu öffnen. Mit jedem Schritt wurde er langsamer, als wollte er den Moment herauszögern, dem Gast gegenüberzustehen. Doch schon stand er dort und drückte die Bronzeklinke hinunter, woraufhin das Tor aufschwang.

Unter dem ohrenbetäubenden Quietschen des Tores trat eine Gestalt ein, die sie kannten, jedoch nicht wiedererkannt hätten. Im fahlen Licht der Kronleuchter und in der von draußen förmlich eindringenden Dunkelheit kam ein Mann herein, der eher einem Gespenst als einem Menschen ähnelte. Ein schwarzer, leicht zerfledderter Anzug betonte das magere Erscheinungsbild und graue, verwuschelte Haare die eingefallenen Wangen. Beinahe hätte man annehmen können, man hätte einen gebrechlichen Greis vor sich, der kaum einen Schritt vor den anderen setzen konnte. Einzig und allein die Stimme passte nicht zu ihm.

„Guten Tag." Die schlichten Worte schrie er schon beinahe, was Charles zusammenzucken ließ. Er lief unbeirrt durch den Saal und die Treppe hinauf. Caroline stand verwundert da, auch wenn sie den Besuch jetzt erkannt hatte. Was machte er hier nur?

Nur Sekunden und einen Blick später stürmten auch Earl und Lady Telleray hinterher. Längst war der Gast aus dem Blickfeld in eins der Zimmer verschwunden.

„Arthur. Schön, dass ich dich hier antreffe." Der Besucher setzte sich auf den Stuhl neben dem Fenster. Arthur Hill saß aufrecht auf dem Bett, die Arme verschränkt und ein Gesichtsausdruck, der sich in Sekunden von überrascht zu glücklich, dann zu wütend und letztendlich zu verwirrt umänderte.

„Was machst du hier, Albert?" Seinen ehemaligen Chef hätte er hier nicht erwartet. Einerseits war er ihm dankbar, dass dieser ihm das Leben gerettet hatte, doch den Freundschaftsbruch hatte er noch längst nicht vergessen.

„Es ist aus, Arthur, es ist aus." Seine tiefe Stimme dröhnte nur so durch den Raum.

„Aus?", krächzte Arthur. Er hatte es zwar verstanden, konnte es dennoch nicht wahrhaben. „Haben wir ... gewonnen?"

„Ja!" Er strahlte. Niemals vorher hätte Chief Inspector Albert Garvey glauben können, dass er diesen Fall gewinnen könnte. Alle waren an diesen beiden Verbrechern gescheitert, nur dieses Mal war es endgültig vorbei.

„Toll." Arthur war nicht ganz so erfreut. Fragen über Fragen rasten dennoch durch seinen Kopf. Fragen, die ihm niemand beantworten konnte, nicht einmal er selbst. War eine Verhaftung wirklich Gerechtigkeit? Hätte er doch lieber schießen sollen? Würden sie nicht erneut eine Möglichkeit finden, an die Freiheit zu kommen? War es wirklich vorbei?

„Ja!" Caroline kam hineingestürmt und hüpfte auf und ab. Vergessen waren all die Sorgen, Ängste und Fragen, wenigstens für einen Moment. Vergessen war die Verzweiflung, die Tränen, die Hoffnungslosigkeit. Sie wollte jubeln und tat es auch.

Hinter der Lady of Telleray trat Charles in den Raum. Auch auf seinem Gesicht lag ein Lächeln, doch überschattet von Sorgenfalten. Er war niemand, der sich dem Glücksgefühl einfach so hingab. Er konnte und wollte es nicht glauben, dass es ein Morgen geben könnte. Alle Zeiten waren grauenhaft gewesen, würden grauenhaft sein, wieso waren sie es also nicht im Moment? Er stellte sich selbst dieselben Fragen wie Arthur und auch er wusste keine Antwort.

Kaum dass Caroline mit dem Jubeln aufgehört hatte, herrschte jedoch wieder Stille. Keiner der drei Männer im Raum war sich sicher, was zu sagen war. Zu viel in Wut und Verzweiflung Gesagtes, zu viel in Angst und Unsicherheit Ungesagtes. Zu viel zwischen ihnen und doch zu viel, das sie verband.

„Ich nehme an, ich sollte dir danken." Arthur fiel es schwer, sich dazu hinreißen zu lassen. Ein wirklicher Dank war es nicht, doch er wollte nicht so tun, als wäre alles vergeben und vergessen. Er war seinem alten Freund zu echtem Dank verpflichtet, dass er genau in dem Moment dagewesen war, als es nötig gewesen war und doch war er mit ihm in Wut verbunden für all die Jahre, in denen Albert nicht zu ihm gehalten hatte. Er wusste selbst nicht, was zu fühlen, denken oder sagen war.

„Kein Problem. Wirklich, ich hätte längst reagieren sollen. Ich hätte sofort aufbrechen sollen, als ich deinen Brief mit allen Beweisen und Vermutungen erhalten habe. Ich hätte gar nicht erst so schnell aufgeben sollen. Ich hätte ...", meinte er, dann brach er ab. Er hätte vieles, sollte oder gar musste vielleicht, doch es brachte nichts, die Vergangenheit tausende Male zu überdenken. Es gab nichts mehr zu ändern. Es gab kein 'ich hätte' mehr.

„Ist gut." Vielleicht hätte er 'ja, das stimmt' sagen sollen? Vielleicht hätte er 'nein, das war nicht nötig' sagen sollen? Doch Arthur entschied sich für die Wahrheit. Es war gut. Es war vorbei. Es gab vieles, das hätte anders laufen sollen, doch nur eine Zukunft vor ihnen.

„Naja ... Auf jeden Fall kommen sie so schnell auf dem Gefängnis nicht mehr heraus. Erst deine Beweise, dann Earl Tellerays ... Es wird keine Möglichkeit mehr für sie geben, alles zu ihren Gunsten zu drehen. Wir haben gewonnen."

„Gewonnen." Arthurs Worte klangen wie ein schwacher Hall. Er gab sein Bestes, an ein 'Gewonnen' zu glauben, doch war es wirklich so einfach? Wieder sah er den Moment vor sich, als er auf der Flucht war. Quellington tot, nur wenige Meter entfernt von ihm. Charles und Caroline, die rennen, ihn zurücklassen. Theodor Kelling, der seine Hände eng um Arthurs Hals schließt, bevor diesem schwarz vor Augen wird und – wie er später erfahren hatte – Albert Garvey mit einer Handvoll Polizisten erscheint, die nicht einmal wissen, was sie dort machen. Ein Bild, an das sich niemand der Beteiligten gerne erinnern würde und das sich doch ewig ins Gedächtnis eingebrannt hatte.

„Ja, gewonnen. Und wehe einer von euch Idioten kommt jetzt auf die Idee, mit Zweifeln mir meine gute Laune zu verderben. Keine Widerrede, keine Meckereien und vor allem keine Beschuldigen, Entschuldigen und der ganze Kram mehr. Alles wird wieder gut, wenn auch nicht unbedingt perfekt."

„Alles wird wieder gut, wenn auch nicht unbedingt perfekt", widerholte Arthur. Die Worte, die Claire immer gesagt hatte. Und wie oft hatte sie damit Recht gehabt. Ein Lächeln kehrte auf sein

Gesicht zurück. Alles würde wieder gut werden, da war er sich sicher.

„Alles wird wieder gut, wenn auch nicht unbedingt perfekt", wiederholte Charles. Sein Lächeln wurde breiter und er schob die Fragen für einen Moment zur Seite. Hoffnung. Solange es Hoffnung gab, konnte alles noch gut werden. Es würde gut werden, ganz bestimmt.

Die Burg lag da, in der Dunkelheit, fast vollkommen von Stille umhüllt. Nebelschwaden, die sich um die Türme wickelten und kein Geräusch, das diese Idylle zerstören könnte. Fast wie eine verfallene und verlassene Burg, die nur auf seinen Untergang wartete. Doch so war es nicht. Zum ersten Mal seit langer Zeit gab es wieder Hoffnung. Es würde ein Morgen geben. Es würde wieder gut werden, wenn auch nicht unbedingt perfekt.

Zeiten kommen, Zeiten gehen

Alles kommt und alles geht

Alles wird einmal vergehen

Denn die Zeit bleibt niemals stehen